내 새를 날려줘

내 새를 날려줘

이윤학 지음 · 엄택수 그림

문학동네

작가의 말

몇 날 며칠 바닷가 민박집에 머물면서 문을 열어놓고 파도 소리를 들었다.

죽변(竹變)에서는 삼 년마다 열리는 굿판이 벌어지고 있었다. 겨울바람에 쓸려다니는 스피커에서 나오는 무당들의 목소리가, 왜 상여 나가는 소리로 들렸는지, 이제 조금은 알 것도 같다.

이 어른을 위한 동화는 스물네 해를 살아온 어느 소녀가 들려준 이야기를 바탕으로 쓰였다. 언제나 죽변에 가고 싶다는 스물넷 소녀를 생각하며, 이 어른을 위한 동화를 옮겨적었다. 슬픔은 변하지 않는 자의 몫으로 남는다고 말하는, 그 소녀에게 이 책을 어서 보여주고 싶다.

우리는 얼마나 행복하게 살아왔는가? 우리는 얼마나 모르고 살아왔는가? 외할머니를 생각하면 자신도 모르게 눈물이 나고 무릎이

꺾인다고 말하는 소녀에게, 죽변의 시누대나무와 파도 소리와 항구와 어시장과 어판장, 예전에 외할머니와 외삼촌과 같이 살았던 나무판때기 집과 뛰놀던 골목과 친구들을 돌려줄 수는 없다. 그 소녀는 당장은 돌아가고 싶지 않을 것이다.

서울서 꼬박 일곱 시간이 걸리는 죽변 항구, 무덤도 남기지 않고 떠난 외할머니…… 소녀가 갖고 있는 건 기억뿐이지만, 그 소녀가 오랫동안 다닌 '우리집 분식'에 가서 떡볶이 한 접시 시켜먹는 느낌으로, 이 동화를 읽어주시기를.

이제는, 누구에게라도 나를 맡겨놓지 않겠어!

2005년 겨울

이윤학

| 차례 |

선물

플라타너스 아래서 아이들이 땅따먹기를 하고 있었다. 노란 티셔츠를 입은 아이가 땅바닥에 들러붙어 상대편 아이의 땅을 넘봤다. 녀석의 눈빛이 날카롭게 빛났다. 나는 아이들 곁을 서성이고 있었다. 나도 땅따먹기에 끼워달라고 말했다. 아이들은 들은 척도 안 했다. 내가 다른 동네에 살기 때문이었다. 땅따먹기나 같이 하자는 것인데 같은 동네니 다른 동네니 편을 가르는 건 참 치사한 일이었다.

나는 아이들 곁을 맴돌다 플라타너스 아래 앉아 재숙이와 영애를 기다렸다. 한 시간만 기다리면 재숙이와 영애가 수업을 마치고 나올 것이다. 나는 외할머니가 구워준 국화빵을 재숙이와 영애에게 나눠주려고 비닐봉지에 담아왔다. 재숙이와 영애가 좋아할 걸 생각하니 나도 행복해졌다. 나는 새우깡을 하나씩 집어 먹으며 재숙이와 영애의 수업이 조금이라도 빨리 끝나기를 바랐다.

플라타너스 사이로 햇살이 스며들었다. 나는 고개를 들어 햇살을 바라보았다. 나뭇잎이 떨릴 때마다 햇살도 떨렸다. 나는 손을 뻗어 햇살을 잡아보려 했지만 아무것도 잡히지 않았다.

"아름다운 건, 잡을 수 없는 거란다."

누군가의 목소리가 들려왔다. 나는 놀라서 두리번거렸다. 땅따먹기에 정신없는 아이들밖에 보이지 않았다.

"누구야? 누가 내게 말한 거야?"

플라타너스에서 나뭇잎이 떨어져 어깨를 스쳤다.

"나야, 난 네 뒤에 있어."

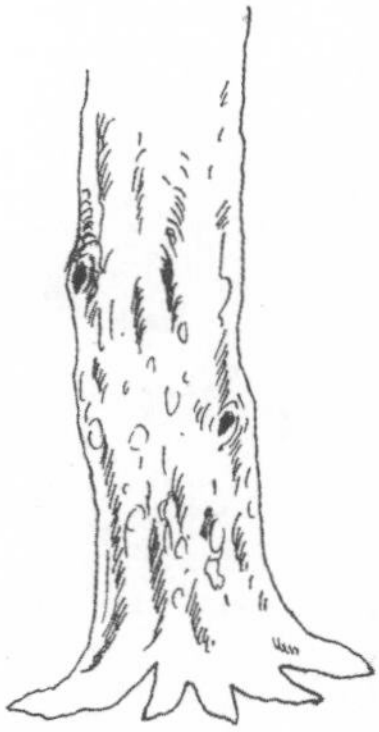

나는 얼른 뒤를 돌아보았다. 내 뒤에는 커다란 플라타너스뿐이었다.

'설마, 플라타너스가 말한 건 아니겠지?'

나는 잘못 들은 거라 생각하고 고개를 저었다.

"내가 불렀다니까!"

나는 플라타너스에 귀를 댔다.

"안녕!"

플라타너스가 내게 인사했다. 나는 깜짝 놀라 한 발짝 물러났다.

"세상에, 플라타너스가, 말을 하다니!"

말도 안 되는 일이었다. 나는 내 정신이 어떻게 된 게 아닐까 손으로 이마를 짚어봤다. 플라타너스가 잎을 흔들며 웃었다. 플라타너스의 웃음에서 그윽한 나뭇잎 냄새가 났다.

"정말, 네가 날 부른 거야?"

나는 조심스럽게 플라타너스에게 말을 건넸다. 플라타너스가 가지를 흔들었다.

"그래."

"어떻게, 플라타너스가 말할 수 있어?"

나는 믿을 수 없어 귓구멍을 후볐다.

"세상 모든 것은 다 말할 수 있단다. 바람이나 구름, 새들도 사람의 말을 할 수 있지. 다만, 우리는 각자가 만든 말을 사용하기 때문에 사람들이 알아들을 수 없는 거야."

"왜, 사람의 말을 쓰지 않는 거야?"

"자신의 말을 갖는 건 중요한 거야. 그건 자신의 존재를 확인할 수 있는 유일한 길이야. 사람들은 똑같은 건 금방 잊어버리거든. 바람이 바람의 말로, 새가 새의 말로 얘기하기 때문에 사람들에게 오래 기억될 수 있는 거란다. 내가 만일 사람의 말을 사용한다면, 나는 그 때부터 내가 아니란다. 나는 그저 사람의 말을 하는 신기한 플라타너스로만 기억되겠지. 하지만, 나는 플라타너스로 태어났기 때문에 플라타너스인 내 자신에게 최선을 다해야 해."

"자신에게 최선을 다한다는 게 무슨 뜻이야?"

"자신을 지켜낸다는 말이야. 비록 자기 모습이 볼품없더라도, 자신을 사랑하며 지켜내는 일은 고귀한 일이지. 생명을 선물받은 이상, 우리 모두는 그렇게 살아야 한단다."

개미들이 플라타너스를 타고 올라갔다. 플라타너스는 간지러운지 나뭇잎을 흔들었다.

"넌, 플라타너스로 태어난 게 억울하지 않아? 걸어다니지도 못하고, 그 자리에 항상 붙어 살아야 하잖아. 나는 내가 싫어. 난 외롭고 슬프거든. 나는 슬퍼지지 않으려고 공상을 하는데, 사람들은 그걸 잘 몰라. 이렇게밖에 할 수 없는 내가 싫어."

"모든 것은 슬픔을 가지고 산단다. 슬픔은 부메랑과 같은 것이야. 멀리 던져버려도 언젠가 다시 돌아오게 된단다. 넌 지금껏 슬픔이 주는 고통만 봐왔어. 하지만 네 슬픔은 언젠가, 네게 귀한 선물을 안겨줄 거야."

"선물? 선물이라고?"

"그래, 선물 말이야. 자, 내 발밑을 보렴."

플라타너스가 자신의 뿌리 근처를 보여줬다. 나는 고개를 숙여 나뭇잎으로 반쯤 뒤덮인 플라타너스 뿌리를 바라봤다.

"이 나뭇잎들은 본래 푸르고 싱싱했어. 나를 키우기 위해 뿌리로

떨어진 거지. 나뭇잎들은 자신이 썩는 것을 묵묵히 참아내고 뿌리로 스며든단다. 결국 나를 키우는 거름이 되는 거지."

나는 플라타너스 뿌리를 뒤덮은 나뭇잎을 만져봤다. 나는 알 수 없는 향기에 휩싸였다.

"네 슬픔을 감싸안으렴. 네 안의 슬픔이 너를 크게 할 거야. 항상 좋은 일을 생각하려무나. 좋은 일을 생각하면 반드시 좋은 일이 생기게 된단다. 지금 당장은 아니더라도 말이야."

플라타너스 가지 위에 새가 날아와 앉았다. 플라타너스와 새가 자신의 말로 한참 동안 얘기를 나눴다. 쉴새없이 말하는 새를 보니, 수다쟁이 영애가 떠올랐다. 재숙이와 영애의 수업시간이 끝났을 거란 생각이 들었다.

"플라타너스야, 난 그만 가봐야 해. 친구들을 만나야 하거든."

"잠깐만, 가기 전에 부탁 하나만 들어줘."

"무슨 부탁?"

나는 플라타너스를 멀뚱히 바라봤다.

"너에게 사람의 말로 얘기를 걸었던 건, 네가 누구보다 내 이름을 잘 지어줄 것 같은 생각이 들어서였어. 아침부터 홀로 운동장을 서성이던 너를 지켜봤거든. 너라면 내게 어울리는 이름을 지어줄 것 같았지."

"이름이라고? 네 이름은 플라타너스잖아."

"아냐, 그건 사람들이 우리 나무를 구분짓기 위해 만들어놓은 표시일 뿐이야. 나는 나만의 이름을 갖고 싶어. 네가 내게 이름을 지어준다면, 너는 나에게 큰 의미가 되는 거야. 내가 죽는 날까지 가슴 깊이 기억될 거야."

나는 플라타너스에게 어떤 이름이 어울릴지 곰곰이 생각해봤다.

"안 되겠니?"

플라타너스가 걱정스런 목소리로 물어봤다. 나는 고개를 가로저었다.

"아니, 네게 어울리는 이름을 찾았어."

"정말?"

플라타너스의 목소리에 생기가 돌았다. 나는 플라타너스 가지를 붙잡고 악수를 했다.

"네 이름은 이제부터, 선물이야."

"선물? 내 이름이 선물이라고?"

"그래…… 넌 오늘 내게 큰 선물이 되었어. 난 널 잊지 못할 거야. 네가 해준 말들을 절대로 잊지 않을

거야. 쉽진 않겠지만, 나도 너처럼 자신을 지키기 위해 노력할 거야."

"……"

"다시는, 누구에게라도 나를 맡겨놓지 않겠어."

플라타너스 위에서 새가 날개를 치며 날아올랐다. 새는 하늘 높이 날아올라 구름에게 플라타너스의 새 이름을 들려주었다. 햇살이 쏟아졌다. 구름이 플라타너스 곁으로 다가와 아주 멋진 이름이라고 축하해줬다. 나는 플라타너스와 구름에게 인사하고, 운동장으로 달려갔다. 수업을 마친 아이들이 운동장으로 몰려나왔다. 나는 국화빵이 든 비닐봉지를 빙빙 돌리며 재숙이와 영애에게 힘차게 달려갔다.

뻥튀기

아침부터 재숙이와 영애가 집 앞에 와서 나를 불렀다. 나는 귀가 솔깃해져 밥을 먹다 말고 숟가락을 놓았다. 외할머니가 숟가락으로 내 밥그릇을 탁, 쳤다.

“이거 다 먹기 전에는 못 나간다.”

나는 밥을 빨리 먹고 나가려고 밥에다 물을 말아 넘겼다. 외할머니는 밥에 물을 말아먹으면 위가 나빠진다고 또 잔소리를 하셨다. 나는 그냥 씩 웃어버렸다. 빈 밥그릇을 외할머니 눈앞에 가져다 보였다.

“할무니, 됐지? 나 이제 나가 논다.”

외할머니가 웃으면서 한 시간만 놀다 들어오라고 했다. 나는 운동화를 구겨신고 나와 문을 열다가 돌아서서는

“두 시간만 놀다 올게.”

말하고 내뺐다. 나는 외할머니에게 붙잡히기 전에 골목을 빠져나가려고 막 뛰어갔다. 국밥집에 다다라 담벼락에 기대서서 숨을 돌렸다. 뒤쫓아오던 재숙이와 영애도 멈춰 서서 무릎에 두 손을 짚고 헉헉댔다.

"야, 뭘 잘못했기에 그래?"

재숙이가 숨을 몰아쉬며 물었다.

"한 시간만 놀다 오라고 했는데, 내가 두 시간 놀다 온다고 하고 튀었어."

재숙이는 뭐 그만한 일로 그러냐는 듯이 나를 빤히 쳐다봤다.

"이 세상에 시간이 없으면 참 좋겠다."

옆에 있던 영애가 담벼락에 등을 기대고 말했다. 나는 고개를 끄덕였다. 세상에서 시간이 없어진다면 참 멋질 것이다. 나와 재숙이와 영애는 평생 어른이 되지 않아도 되고 맘껏 놀 수도 있을 것이다. 우리는 한참 동안 숨을 돌린 뒤 잡풀이 무성하게 자라난 공터로 걸어갔다. 재숙이와 영애는 공터로 걸어가면서 내내 학교 얘기를 들려줬다. 친구, 선생님 얘기가 줄을 이었다. 나는 가만히 듣고만 있었다.

재숙이와 영애는 나보다 한 살이 많았다. 나는 외할머니에게 재숙이와 영애처럼 학교에 보내달라고 졸랐지만 내년이 되어야 갈 수 있다고 했다. 나는 어서 여덟 살이 되기만을 기다렸다. 학교에 가면 새로운 친구도 만나고, 영애가 메고 다니는 예쁜 가방과 하얀 실내화도 생기게 될 것이다. 그러나 무엇보다 신나는 일은, 글을 배울 수 있다는 거였다. 글을 배우면 재미있는 동화책도 읽을 수 있고 내 손으로 직접 편지도 쓸 수 있을 것이다. 나는 하루빨리 글을 배워서 엄마에게 편지를 쓰고 싶었다. 오늘 무슨 일이 있었는지, 엄마가 얼마나 보고 싶은지, 오빠는 어떻게 지내는지 궁금한 내 마음을 전해줄 수 있을 것이다. 그런 나를 이해할 수 없는 재숙이와 영애는 고개를 갸웃거렸다.

"넌 참 이상하다. 글을 배우는 게 얼마나 지겨운지 알아?"

"맞아. 매일 받아쓰기 시험을 보는데 하나 틀릴 때마다 두 대씩 맞아야 돼."

재숙이는 손바닥을 펴 보이고 매 맞는 시늉을 했다. 영애가 히죽히죽 웃었다.

"그쯤은 견딜 수 있어. 글만 배울 수 있다면, 매일 맞아도 참을 수 있어. 나는 맞는 건 하나도 겁 안 나."

나는 공터 하수도 속으로 돌멩이를 집어던지며 말했다. 머쓱해진 재숙이와 영애가 나를 따라 돌멩이를 던졌다. 공터에는 먼저 놀다 간 아이들이 딱지치기를 했는지 딱지 세 개가 떨어져 있었다. 나는 얼른 딱지를 주워 뒷주머니에 집어넣었다. 재숙이와 영애도 남은 딱지가 없는지 전봇대 앞을 서성였다. 나는 아이들 곁으로 가 함께 딱지를 찾다가 전봇대에 더덕더덕 붙어 있는 종이를 봤다. 내가 읽을 수 없는 글씨가 적혀 있었다. 나는 무슨 말일까 궁금해져 재숙이와 영애에게 물어보았다. 재숙이와 영애는 종이를 뚫어져라 바라보며, '아' 자랑 '치' '오' '어' 자밖에 모르겠다고 했다. 나는 갑자기 심술이 나서 종이에 쓰인 글자를 가리키며 말했다.

"너희들은 학교에 가서 뭘 배우는지 모르겠다. 난 학교 안 가도 저걸 다 읽을 수 있는데 말이야."

재숙이가 눈이 똥그래져 나를 쳐다봤다.

"정말? 넌 이게 무슨 글씬 줄 알아?"

나는 목에 힘을 주고 종이에 쓰인 글자를 읽는 척했다.

"이건 양아치라는 말이고, 이건 오징어라는 말이야."

재숙이가 입을 벌렸다. 옆에 있던 영애가 흥, 콧방귀를 뀌었다.

"야, 이게 정말 양아치랑 오징어라고 써 있는 거야? 양아치랑 오징어가 무슨 상관이 있다고, 말이 안 되잖아, 말이."

나는 순간 뜨끔했지만 내색하지 않았다. 영애를 한심하다는 표정으로 바라봤다.

"바보야, 양아치가 이제 양아치 짓 안 하고 오징어 팔면서 열심히 살겠다고 쓴 거잖아. 넌 그것도 몰라? 학교는 왜 다니는 거니? 정말 한심해."

재숙이가 나를 바라봤다.

"콩새는 학교를 안 다녀도 글을 다 읽네."

재숙이는 내가 천재라고 호들갑을 떨었다. 하지만 영애는 꽁해져서 돌아섰다. 영애는 자기보다 남이 잘난 건 못 보는 애였다. 나는 매번 영애랑 놀지 말아야지 다짐을 하는데 그 다음날이면 다 까먹고 또 놀게 되었다. 영애도 마찬가지였다. 재숙이는 그런 우리 사이가 참 이상하다고 했다.

"콩새! 내가 너랑 다시 놀면 콩새 네 쫄따구다. 쫄따구!"

영애가 공터를 빠져나가며 톡 쏘아붙였다. 나는 영애 뒤통수에 대고 소리쳤다.

"야! 너 그 말 잊으면 안 돼. 너 나랑 다시 놀면 내 쫄따구야, 쫄따구!"

재숙이와 나는 마주 보며 키득키득 웃었다. 내일이면 우리는 아무 일도 없는 것처럼 다시 만나 신나게 놀 것이다. 서로 기분 나빴던 일은 감쪽같이 잊어버릴 것이다. 무슨 내기를 했는지, 내기에 지면 어떻게 되는지조차 잊어버릴 것이다.

나는 두 시간이 지난 줄도 모른 채 재숙이와 딱지치기를 했다. 외할머니가 부르는 소리가 들렸다. 나는 딱지치기를 하다 말고 골목 입구로 달려나갔다. 재숙이에게 내일 보자고 인사하는 것도 잊고선 외할머니가 있는 곳으로 뛰었다. 외할머니는 머리 위에 보따리를 이고 골목에서 나를 찾고 있었다. 나는 외할머니 품으로 달려가 안겼다. 약속한 시간이 훨씬 지났기 때문에 혼날까봐 마음이 조마조마했다. 외할머니는 내 얼굴을 들어올리고 엄한 표정으로 말씀하셨다.

"작은 약속이라도 지킬 줄 알아야지. 약속은 믿음이야. 사람과 사람은 믿음으로 연결되어 있어."

나는 외할머니의 말을 다 이해할 수 없었지만, 고개를 끄덕이며 무조건 잘못했다고 말했다. 외할머니는 오른팔로 머리에 인 보따리를 잡고 왼팔로 내 손을 잡고 골목을 나섰다. 나는 보따리 속에 무엇이 들어 있는지 궁금해서 깨금발을 하고 들여다보려 했지만 속에 무엇이 들었는지 도무지 알 수가 없었다.

"빨리 걸어야 해. 너무 늦었어. 외삼촌 오기 전에 돌아와야지."

외할머니 걸음이 점점 빨라졌다. 나는 외할머니 걸음에 맞춰 걸으려고 애썼다. 하지만 내가 한 발 걸을 때 외할머니는 두세 걸음을 걸어 따라잡기 힘들었다.

"어디 가는 거야, 할무니. 보따리 안에는 뭐가 들었어?"

나는 숨이 차서 헐떡이며 말했다.

"쌀이 들어 있지. 우리는 지금 장에 가는 거란다. 장에 가서 뻥튀기를 해올 거야."

나는 뻥튀기라는 말에 깡충깡충 뛰었다. 뻥튀기는 우리집 최고의 간식이었다. 그 조그만 알갱이가 부풀어올라 꽃처럼 변하는 것이 나는 늘 신기했다. 바삭바삭하고 달콤한 뻥튀기는 언제 먹어도 질리지 않았다. 나는 뻥튀기를 먹을 수 있다는 생각에 힘을 내어 걸었다. 그래도 자꾸만 걸음이 처졌다. 나는 앞서 뛰어가 외할머니가 나를 따라잡을 때까지 숨을 돌리고 있었다. 외할머니는 발에 바퀴를 달았는지 나를 금방 따라잡았다. 나는 몇 번을 더 그렇게 하다가 주저앉아 버렸다.

"할무니, 좀 쉬었다 가."

외할머니는 들은 척도 않고 걸어갔다.

"할무니, 힘들어서 도저히 못 가겠어."

"이러다 해 저물겠다. 얼른 못 일어나!"

외할머니가 뒤를 돌아보며 인상을 썼다. 나는 다리가 너무 아파 더는 못 걷겠다고 칭얼거렸다.

"싫어! 나 뻥튀기 안 먹어. 할무니 혼자 다 먹어!"

나는 땅바닥에 주저앉아 다리를 쭉 뻗어버렸다. 외할머니가 보따리를 내려놓고 옆에 와 내 다리를 주물러주었다. 온몸에 외할머니의 온기가 전해졌다. 외할머니 몰래 옆에 놓인 보따리를 들어보려는데 무거워 들리지 않았다. 이렇게 무거운 걸 이고 외할머니는 어떻게 걸어왔을까? 나는 미안해져서 엉덩이를 탁탁 털며 일어났다. 외할머니도 나를 쳐다보다 일어났다.

나는 장에 갈 때까지 다리 아프다는 말은 하지 말아야겠다고 다짐했다. 산등성이 위로 바람이 불어와 외할머니의 남청색 한복이 펄럭였다. 땅바닥에 글자가 빼곡히 적힌 종이들이 날아다녔다. 내 발밑에 종이 하나가 날아와 밟혔다.

"도대체, 이건 무슨 글자일까? 무얼 말하는 걸까?"

나는 궁금해서 발밑만 뚫어져라 보고 걸었다.

"길을 걸을 땐 앞을 보고 걸어야지. 그러다 넘어져서 다치면 어쩌려고."

외할머니가 손을 잡아끌었다. 나는 외할머니가 글을 모른다는 게 속상했다. 외할머니가 글을 알면 학교에 들어갈 때까지 기다리지 않아도 엄마에게 편지를 쓸 수 있을 텐데. 나는 발밑에 깔린 종이들을 걷어찼다.

"할무니, 여기 뭐라고 적힌 줄 알아?"

외할머니는 대꾸하지 않았다.

"바보라고 적힌 거야. 바보라고."

"……"

"우린 바보들 같아. 세상 사람들이 우리만 빼고 맨날, 자기들끼리 속닥거리는 것 같단 말이야. 외할머니는 글 모르는 거 안 답답해? 난 빨리 글을 배우고 싶은데. 할무니는 글도 모르면서 지금껏 어떻게 살았어? 난 답답해서 하루도 못 살 것 같아."

나는 입이 오리 주둥이처럼 튀어나와 투덜거렸다. 외할머니는 나를 돌아보지 않고 들꽃이 피어 있는 길을 따라 계속 걸어갔다. 나는

기운이 빠졌다. 남들은 다 아는데 나만 모른다는 게 자꾸만 화가 나서 외할머니의 손에서 내 손을 빼버렸다. 그제야 외할머니가 나를 돌아봤다. 외할머니는 내 눈을 가만히 들여다봤다.

"콩새야. 할무니는 글을 몰라도 행복하게 살 수 있었어."

"어떻게?"

나는 호기심에 찬 눈으로 외할머니를 바라봤다.

"할무니는 마음으로 살아왔으니까."

"마음으로?"

"이 세상에는 말과 글로는 이해할 수 없는 게 참으로 많단다. 그런데 마음으로 보고 읽으면 모든 걸 다 이해할 수 있게 된단다."

외할머니가 내 머리를 쓰다듬었다. 나는 외할머니 말을 이해하기 힘들어 고개를 갸웃거렸다.

"우리 콩새는, 마음으로 사는 사람이 되었으면 좋겠구나. 마음으로 살다보면 너는 누구보다 아름다운 말과 글을 가지게 될 거야."

"어떻게 하면 마음으로 살 수 있어?"

외할머니가 내 손을 꼭 감싸쥐었다.

"마음이 말해주는 것에 항상 귀 기울여야 해. 착한 마음을 잃지 않고 사는 건 힘든 일이란다. 네가 어른이 될수록 마음의 소리가 잘 들리지 않을 거야. 어른이 된다는 건 그래서 슬픈 거지. 마음이 얘기해주는 대로 살 수 없으니까. 하지만, 우리 콩새는 잘할 수 있을 거야. 외할머니는, 우리 콩새를 믿어."

나는 외할머니의 말을 다 이해할 수 없었지만 외할머니가 들려준 얘기를 잊어서는 안 된다는 생각이 들었다. 나는 외할머니의 손을

잡고 장을 향해 걸었다. 들꽃 위로 바람이 지나가고 있었다. 들꽃들이 웃는 얼굴로 춤을 추고 있었다.

벽장

외할머니 방은 찜통처럼 더웠다. 나는 잠을 자려고 애썼지만 너무 더워 숨조차 쉬기 어려웠다. 외할머니는 땀을 푹 흘리고 자는 것이 몸에 좋다고 했다. 내가 걷어차버린 이불을 목까지 끌어당겨 덮어줬다. 나는 시원한 곳을 찾아 굴러다녔지만, 방바닥은 화로처럼 뜨겁기만 했다. 나는 작은방 문턱에 턱을 올리고 강아지처럼 혓바닥을 쏙 내밀고 헐떡거렸다. 작은방에서 외삼촌 코고는 소리가 들렸다. 나는 방문을 열고 안을 살폈다. 시원한 공기가 얼굴로 끼쳐왔다.

외삼촌은 나처럼 뜨거운 것을 싫어했다. 그래서 작은방은 춥지도 덥지도 않았다. 나는 작은방으로 들어갈 기회를 노렸다. 작은방에서 잠을 자면 잠도 잘 오고 매일 좋은 꿈만 꿀 수 있을 것 같았다. 나는 열린 문 속으로 얼굴만 들여놓고 눈을 감았다. 방바닥이 지글지글 끓었다. 나는 엉덩이가 뜨거워 몸을 들썩이다가 잠이 들었다.

새벽 다섯시에 외삼촌이 뱃일을 나가려고 방문을 열고 나왔다. 나는 눈곱이 본드처럼 붙어 잘 떨어지지 않는 눈을 억지로 떴다. 외삼촌 뒤통수가 희미하게 보였다. 두 팔을 쭉 펴 기지개를 켜고 일어났다. 뱃일 나가는 외삼촌을 배웅한 뒤, 방 안으로 쪼르록 달려들어갔다. 방 안으로 들어왔을 때 믿을 수 없는 일이 벌어져 있었다. 외삼촌이 깜빡 잊고 작은방 문을 열어놓고 나간 것이다. 나는 안으로 뛰어들어갔다. 언제나 잠겨 있어서 구경하지 못한 작은방이었다.

나는 폭신폭신한 이불 위에 점프하듯 날아서 드러누웠다. 시원한 공기가 온몸을 싸고돌았다. 외삼촌은 자기 방에 누가 들어오는 것을 싫어했다. 청소도 외삼촌이 직접 했다. 내가 작은방에 들어온 걸 외삼촌이 아는 날엔 심하게 꾸중을 들을 것이다. 그러나 나는 다가올 일에 대해선 생각하지 않기로 했다. 다가올 일을 생각하기엔 지금 이 순간이 마냥 즐겁기만 했다. 어차피 혼날 거면 혼나기 전에 실컷 놀아두는 게 더 낫다고 생각했다.

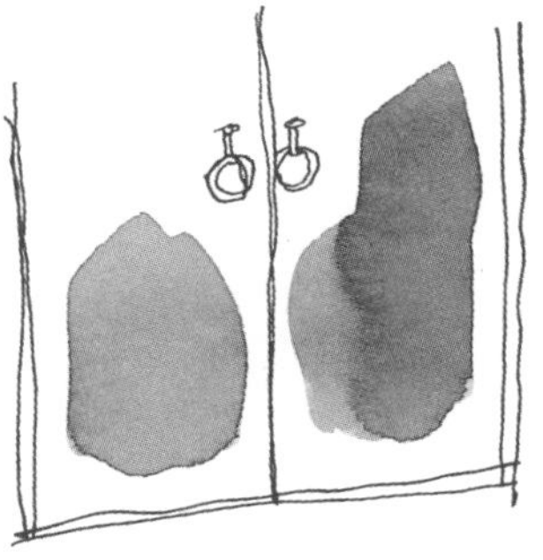

작은방에는 오래된 전축과 낡은 장롱 하나와 텔레비전이 있었다. 전축 위에는 노란 모과 다섯 개를 담아놓은 대바구니가 있고, 벽에는 벽장이 있었다. 나는 굳게 닫힌 벽장 문을 쳐다봤다. 무언가 아주 신기한 것이 들어 있을 것 같았다. 외삼촌이 방에 못 들어오게 한 답이 저 벽

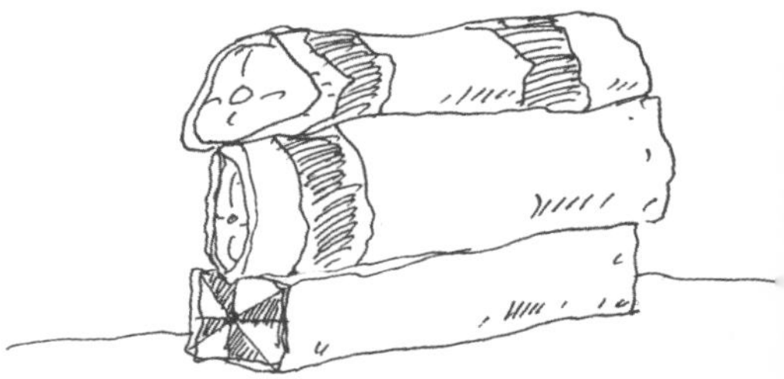

장문 안에 들어 있을 것 같았다.

나는 장롱에서 베개를 세 개 꺼내와 벽장 아래에 쌓았다. 벽장문 고리에 손이 닿았을 때 베개가 무너졌다. 나는 장롱에 머리를 받고 뒤로 넘어졌다. 눈앞에서 별들이 왔다갔다했다. 귀에서 새소리가 들렸다. 무언가 부서지는 소리를 들은 외할머니가 부엌에서 작은방으로 뛰어들어왔다. 장롱 옆에 넘어진 걸 발견한 외할머니가 나를 일으켜 품에 안았다.

"무슨 일이야?"

나는 외할머니 품에 안겨 벽장을 가리켰다.

"뭐가 들었는지, 잠깐 보려고 했는데…… 베개가 날 밀었어."

외할머니가 손으로 머리를 문질러주었다. 머리에는 벌써 혹이 하나 생겼다.

"그러게 누가 허락도 없이 들어오라든. 여기 들어온 걸 알면, 외삼촌한테 혼쭐이 날 거야."

"할무니, 할무니는 저기 뭐가 들어 있는지 알아?"

나는 외할머니 말은 한 귀로 흘려버리고, 벽장 속에 뭐가 들었는지 물어봤다.

"글쎄다. 외할머니도 본 적이 없어."

"에이, 시시해."

나는 이불 속으로 들어가 뒹굴었다. 외할머니가 혼나기 전에 어서 나오라고 했다. 나는 일 분만 더, 일 분만 더 하면서 이불 속을 파고 들었다.

외삼촌이 뱃일을 마치고 집으로 돌아왔다. 나는 아무 일도 없었던 것처럼 행동했다. 모자를 받아주고, 벗어놓은 양말을 빨래통에 집어 넣었다. 나는 외삼촌이 아무것도 눈치채지 못하리라 생각했다. 그런데 옷을 갈아입으러 작은방에 들어간 외삼촌이 나를 불렀다.

"콩새, 이리 들어와봐!"

나는 외삼촌이 무서워서 외할머니 얼굴을 바라봤다. 외할머니가 어서 가보라고 눈짓으로 말했다. 나는 온몸이 뻣뻣해져서 외삼촌 앞으로 갔다.

"너, 이 방에 들어왔었지?"

나는 아무 말도 못 했다.

"너, 이 방에 들어왔어? 안 들어왔어? 바른대로 말해!"

나는 눈물이 핑 돌았다. 외삼촌이 이렇게 무섭긴 처음이었다. 이럴 줄 알았으면 작은방에 들어가는 게 아닌데 후회가 되었다. 나는 안 들어왔다고 고개를 저었다. 외삼촌 눈썹이 치켜올라갔다.

"그래? 여기서 안 놀았다고? 안 놀았단 말이지?"

나는 고개를 끄덕였다. 외삼촌이 내 눈앞에 머리카락을 갖다댔다.

"그럼, 이 머리카락은 누구 거냐? 외할머니는 흰 머리카락밖에 없는데 이건 검고, 나는 머리카락이 짧은데 이건 길잖아. 우리집에 검고 긴 머리카락을 가진 건 콩새뿐인 것 같은데."

나는 된통 걸렸다. 눈물이 쏟아져나왔다. 외삼촌이 회초리를 가져왔다. 바지를 걷어올리라고 했다. 나는 엉엉 울면서 바지를 걷어올렸다. 외삼촌은 회초리로 열다섯 대를 때렸다. 다리에 붉은 줄이 쫙쫙 그어졌다.

"네가 뭘 잘못한 줄 알아?"

나는 엉엉 우느라 대답도 못 했다.

"거짓말은, 세상에서 가장 나쁜 짓이야."

외삼촌이 회초리를 거뒀다.

"그만 나가서 자거라. 또 거짓말하면, 그땐 안 봐줄 거야."

나는 울먹이며 안방으로 건너갔다. 외할머니는 나를 이불 위에 누이고 붉게 부어오른 종아리에 안티프라민을 발라줬다. 외할머니는 배가 아플 때도 손이 텄을 때도 상처가 났을 때도 안티프라민을 발라줬다. 종아리가 화끈거렸다. 나는 외할머니 품속으로 비집고 들어가 한참을 울었다.

나는 무엇을 잘못했는지, 왜 맞아야 했는지 알기 때문에 눈물이 났다. 나는 외할머니의 쭈글쭈글한 젖을 만지며 훌쩍였다.

"그만 울어라. 외삼촌이 널 미워해서 그런 게 아니야."

"나도 알아 할무니…… 그런데도 속상해."

외할머니가 내 등을 쓸어내렸다.

“왜 어른들은 때려놓고, 미워서 때린 게 아니라고 말하는지 모르겠어. 미워하지 않으면 때리지 말아야지.”

울음이 조금씩 잦아들었다. 작은방 문 쪽으로 고개를 돌려 눕는데, 외삼촌이 방문을 열고 나를 불렀다.

“콩새야, 오늘 여기서 잘래?”

나는 대답하지 않고 가만히 있었다.

“오늘 여기서 자라. 얼른 베개 가지고 건너와.”

외할머니가 어서 가보라고, 내 엉덩이를 토닥였다. 나는 눈시울이 붉어진 얼굴로 베개를 들고 작은방으로 건너갔다. 외삼촌이 옆자리를 내주었다.

“거기 앉아봐.”

외삼촌은 나를 옆자리에 앉힌 뒤 벽장문을 열었다. 나는 벌떡 일어나 고개를 쭉 뽑았다. 벽장 안에는 흰 운동화, 빨간 책가방, 공책과

연필, 보라색 원피스가 들어 있었다.

"너 주려고 하나씩 모은 거야. 내년에 학교 가면 주려고 했는데 들켜버렸구나."

나는 눈이 휘둥그레졌다. 외삼촌은 앉은뱅이책상 밑에서 삶은 계란을 꺼내왔다. 그러곤 껍질을 까서 내 손에 쥐여주었다.

"맛있냐?"

나는 고개를 끄덕였다.

"네게 해줄 것이, 이거밖에 없어 속상하구나."

외삼촌이 내 입가에 묻은 계란 노른자를 닦아줬다. 외삼촌은 벽장에 이걸 숨겨두려고, 그 동안 작은방에 아무도 못 들어오게 한 것이었다. 외삼촌이 벽장문을 닫았다. 나는 고마워서 무슨 말을 하려고 했다. 그러나 아무 말도 나오지 않았다. 나는 손가락을 만지작거리다가 외삼촌 옷깃을 잡아당겼다.

"외삼촌…… 계란 한 개만 더 먹으면 안 될까?"

외삼촌이 나를 보고 한참을 웃었다. 계란 한 개를 더 꺼내 껍질을 벗겨줬다.

"이빨 닦고 자야 돼."

"응."

나는 계란을 반으로 갈라 먹었다.

"다시는 거짓말하지 말고."

"응."

나는 외삼촌을 보고 씩 웃었다.

"많이 아팠어?"

"아니, 하나도 안 아팠어."

"그런데 왜 울었어?"

"마음이 아파서 울었어."

외삼촌의 웃음소리가 커졌다.

"네가 마음 아픈 걸 알아?"

"그럼, 나도 안다 뭐."

"마음이 어떻게 아프든?"

"말도 못 할 만큼 가슴 한복판이 막히고 아렸어. 외삼촌은 그런 적 없어?"

외삼촌이 컵에 보리차를 부어줬다.

"있지."

"언제?"

"방금 전에."

나는 보리차를 마시다 말고, 외삼촌을 쳐다봤다. 외삼촌이 고개를 돌렸다. 외삼촌은

"이빨 닦고 와서 자라."

하고 돌아누웠다. 나는 외삼촌의 마음을 다 헤아릴 수 없지만, 외삼촌은 내 마음을 다 헤아리고 있는 것 같다는 생각이 들었다. 나는 텔레비전 위에 컵을 올려놓았다. 이빨 닦으러 나오면서, 외삼촌의 뒷모습을 지켜봤다.

민들레

엄마와 오빠가 돌아와 셋방을 얻어 살게 되었다. 나는 오빠 손을 잡고 학교에 다녔다. 언덕마다 풀이 돋아나고 있었다. 꽃망울을 달고 있던 마당가 동백나무와 매화나무에 꽃이 피었다.

아빠는 소식도 없이 자주 집을 비웠다. 아빠는 카센터에서 일하다 양식집 요리사, 세탁소를 하다가 가구점 설치기사를 했다. 아빠는 종잡을 수 없는 사람이었다. 책을 팔다가 옷을 팔기도 했다. 아빠는 어디에 있을까.

가끔씩 아빠가 돌아온 날에는 고깃국을 끓였다. 마당 한가운데 양은솥이 걸렸다. 엄마는 아궁이에 솔가지를 밀어넣었다. 마른 솔잎을 태우면서 불길이 번졌다. 아궁이 앞은 타닥거리는 소리로 부산했다.

고깃국 냄새가 집 밖으로 퍼졌다. 고깃국 냄새는 아빠가 돌아온 소식을 동네 사람들에게 알려줬다. 나는 고깃국 냄새를 맡으며 걸

어갔다. 몇 발짝 앞서 가다 제자리에 서서 고깃국 냄새를 기다렸다. 나는 고깃국 냄새를 데리고 친구들에게 가려고 했다. 그러나 고깃국 냄새는 스무 걸음도 따라오지 못하고 사방으로 퍼져 사라졌다.

나는 석종이네 탱자나무 울타리에서 멈춰 섰다. 고깃국 냄새가 퍼져나가는 하늘과, 뒷산의 시누대숲과, 침례교회가 있는 언덕을 바라보았다. 나는 재숙이와 영애를 불러내 고깃국 냄새를 맡게 할 생각을 접었다. 탱자나무 밑에 민들레가 꽃대를 들어올리고 있었다. 민들레 방송국 안테나에 투명한 행성이 살짝 내려앉았다.

나는 투명한 행성을 바라보았다. 투명한 행성은 햇빛 에너지를 충전하고 있었다. 어디론가 날아가기 위해선 에너지가 필요할 것이다.

"너희들은 어디로 갈 거니?"

투명한 행성이 부풀어올랐다.

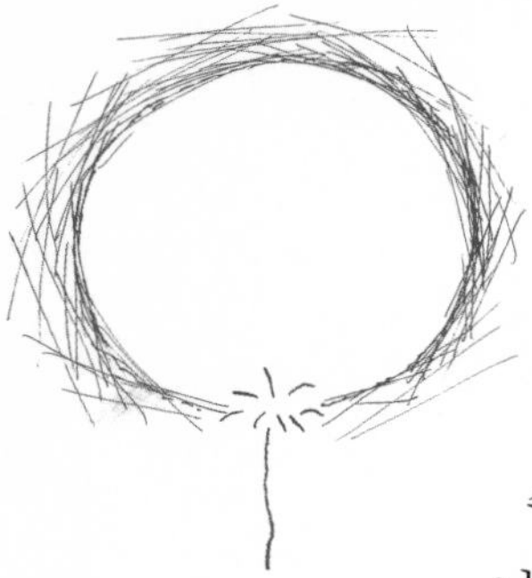

"우리는 처음에 하나의 씨앗에 불과했어. 어디서 왔는지도 모르고, 어디로 가는지도 알 수 없어. 우리는 지금 행성이라는 것밖에 알 수 없단다."

나는 투명한 행성의 말소리에 놀랐다. 어쩌면 씨앗들이 한꺼번에 같은 말을 할 수 있을까?

"그럼, 너희들은 고아들이란 말이지? 거기가 고아원이야?"

"누구에게나 부모가 있게 마련이란다. 하지만 부모를 일찍 여읜 아이를 고아라고 해. 태어난 비밀을 아는 존재는, 이 세상에 아무도 없단다."

나도 언젠가는 고아가 된다는 생각이 들었다. 마음이 울적해지기 시작했다.

"그래서 우리에게는, 뭐든지 혼자서 할 수 있다는 믿음이 필요한 거란다."

"믿음?"

"그래, 우리에겐 믿음이 필요해. 주어진 일에 최선을 다하면 꼭 이루어진다는 믿음 말이야."

나는 투명한 행성을 바라보았다.

"교회에서 말하는 믿음과 같은 거니?"

"누굴 믿는다는 건 행복해지는 일이야. 작은 씨앗에 불과한 우리가 세상으로 퍼져나가 꽃을 피우고 씨앗을 날리는 것과 같은 것이지. 지금 우리가 사는 것은, 하나의 징검다리를 건너는 것에 불과해. 우리는 어딘가로 가기 위해 수많은 징검다리를 건너야 하는 거야."

"우리는 하루하루 징검다리를 건너 어딘가로 가는 거야?"

"그렇지. 우리 마음속엔 푸른 들판과 하늘이 펼쳐져 있어. 우리의 미래는 정해진 게 하나도 없어."

나는 고개를 들어 하늘을 바라봤다.

"힘을 내. 그리고 네 길을 걸어가. 힘껏 고개를 들고 말이야."

나는 해님을 바라보았다. 나에게는 해님이 있었다. 나는 그걸 잊고 슬퍼했다.

언젠가 교회에 갔을 때 목사님이 하신 말씀이 생각났다.

"너는, 모든 걸 혼자서 해결하려는 나쁜 버릇이 있어. 괴로움을 누구에게라도 털어놓으면 도움을 받을 수 있는데도, 너는 그걸 혼자서 가지려고 해."

나는 그날 교회에서 돌아와 이불을 덮고 울었다. 자존심이 상해 울었다. 마음속을 통째로 들켜버린 것 같아 울었다. 나는 가난하지만, 가난한 티를 내고 싶지 않았다. 그걸 들키는 건 창피한 일이었

다. 나는 누구에게도 지기 싫어 이를 악물었다.

언젠가 아빠는 한마디 말도 없이 떠날 것이다. '기다리는 것은 힘든 일이 아니다. 언젠가 꼭 돌아온다고 믿는 게 힘든 일이다.' 외할머니가 나를 업어 재우며 들려주신 말씀이다.

말벌

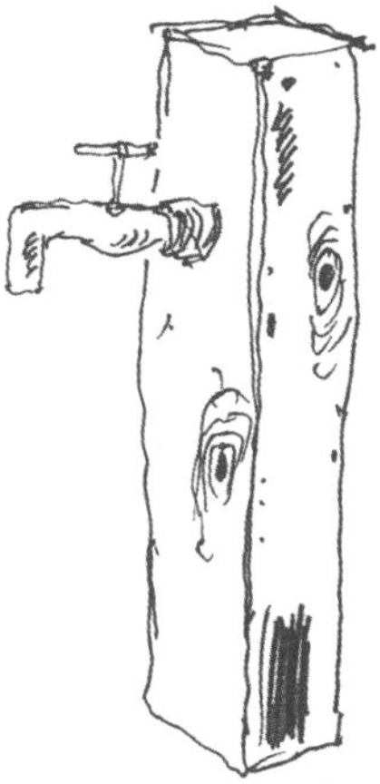

언젠가 해님을 사달라고 아빠를 졸랐다.

"네가 해님인데, 또 해님을 사달라고 하냐?"

아빠는 내 볼을 살짝 꼬집었다.

해님은 온 하늘을 품에 안고 열기를 전해주었다. 운동장 가 느티나무도 막히는 숨을 참고 있었다.

오늘은 일요일이다. 운동장엔 햇빛만이 남아 있었다. 모래에 박힌 금속들이 햇빛에게 불려나와 빛을 뽑아내는 일을 하고 있었다.

나는 아침부터 느티나무 밑에서 공기놀이를 하고 있었다. 친구들이 점심 먹으러 흩어지고, 나는 목이 말라 집으로 뛰어갔다. 수도꼭지를 향해 줄달음질쳤다. 수돗가가 가까워질수록 물 생각이 간절했다.

나는 수도에 입부터 갖다대고 꼭지를 틀었다. 미지근한 물이 입 안에 고였다. 그런데 입 안에서 윙윙거리는 소리가 났다. 나는 금방 벌이 내는 소리임을 알았다. 나는 입 안에 담은 물을 바닥에 뱉어냈다. 마당 바닥에 말벌이 떨어졌다. 나는 그 자리에 서서 꼼짝하지 못했다. 나는 입 안에 들어왔던 말벌을 바라보았다. 말벌은 왜 내 입 안을 쏘지 않았을까. 말벌은 왜 수도 안에 들어가 있었을까.

나는 아빠에게 달려가서 입 안에 벌이 들어갔다고 말했다. 입 안에 벌이 들어갔었다고 말해야 하는 것을, 아직도 입 안에 벌이 들어 있다고 말했다. 아빠는 입을 벌리라고 했다.

"벌이 어디 갔지? 벌써 목구멍으로 들어간 건 아닐 테고. 어디 간 거야……"

"……"

"앞으로는 수도꼭지를 먼저 틀고 나서 물을 먹도록 해라. 알았지?"

그렇게 말해주는 아빠가 얼마나 고마운지 몰랐다. 아빠는 내 머리를 쓰다듬고 훌쩍 들어올려 목마를 태웠다.

"수도에는 말벌이 살고 있단다. 목마른 말벌은 수도 안에서 살아."

아빠는 나를 자전거 뒷자리에 태웠다. 천천히 동네 한 바퀴를 돌았다. 나는 휘파람을 부는 아빠 얼굴을 보고 싶었다.

별

아빠가 돌아와 새로 집을 얻었다. 아빠는 방마다 도배를 하고 새 장판을 깔았다. 망가진 연탄아궁이도 고쳤다. 아빠는 언제나 끈기가 부족했다. 아빠가 먼 산을 보고 있으면 불안이 밀려왔다. 떠날 궁리를 하는 것만 같았다. 어디론가 훌쩍 떠나버릴 것만 같았다.

나는 아빠가 곁에 있어주기만을 바랐다. 그러나 내 바람은 이루어지지 않았다. 풍선에 잔뜩 바람을 불어넣는 것만 같았다. 나는 내 바람이 풍선처럼 터질까 안심이 되지 않았다. 아빠가 곁에 있을 땐 늘 그랬다.

나는 아빠에게 해달라고 하지 못한 게 많았다. 아플 때만이라도 아빠가 곁에 있어주면 좋으련만. 나는 기대하지 않기로 했다. 자전거 벨을 울리면서 좁은 골목길을 올라오는 아빠. 나는 어느새 아빠 앞으로 뛰어가지 못하는 아이가 되어 있었다.

안방에는 저녁 밥상이 차려져 있었다. 빨간 쇠고깃국이 김을 뿜었다. 아빠는 쇠고깃국에 숟가락을 가져갔다. 엄마는 아빠가 못마땅해 한숨을 쉬었다.

아빠는 며칠 전까지 새집을 짓는 일에 매달렸다. 땅을 사고 집터를 닦았다. 시멘트와 모래와 철근을 실어왔다. 포클레인이 콘크리트 칠 땅을 파냈다. 그러나 아빠는 집 지을 돈을 도둑맞고 말았다. 아빠와 동업하던 친구가 돈을 챙겨 도망갔다. 집 짓는 공사는 중단되었다. 건축자재에는 비닐이 덮였다. 무거운 돌을 올려놓았다. 바람이 불 때마다 비닐이 펄럭거렸다.

"당신이 제대로 하는 게 하나라도 있는 줄 알아요. 아직도 당신이 철부지 어린애인 줄 알아요?"

엄마는 불평을 늘어놓기 시작했다. 오빠와 나는, 엄마 아빠 눈치를 보았다. 이런 날은 꼭 부부싸움이 일어났다. 아빠는 숟가락을 내려놓고 밥상머리에서 물러났다. 밥상에서 돌아앉아 담배연기를 내뿜었다.

"그렇게 당하고도, 아직도 정신을 못 차려요."

아빠는 뚜껑도 열지 않은 밥공기를 집었다. 엄마를 향해 밥공기를 던졌다. 밥공기는 엄마 얼굴을 향해 날아갔다. 밥공기는 벽에 부딪쳐 뚜껑이 열렸다. 밥덩이가 엄마 머리 위에 떨어졌다. 엄마는 밥알 족두리를 떼어내며 흐느껴 울었다. 아빠가 소리를 질렀다.

"차라리, 고사를 지내! 밥상 위에 질질 짜는 돼지머리를 올려놓고, 밤낮으로 고사를 지내라니까!"

아빠는 엄마 멱살을 잡고 흔들었다. 엄마는 분을 참지 못했다.

"차라리, 어디 가서 나타나지 말아욧!"

아빠는 엄마 목을 조르기 시작했다. 오빠가 달려들어 아빠 손을 떼어냈다. 엄마가 숨막혀 죽을지도 몰랐다. 나는 얼굴이 달아오른 엄마를 그냥 내버려둘 수 없었다. 나는 아빠에게 달려들었다. 고린내 나는 발을 물어뜯었다. 아빠는 깜짝 놀라 엄마 목에서 손을 떼었다. 아빠는 나와 눈을 마주치지 못했다. 나는 아빠 발을 바라보았다. 아빠 발에 침 묻은 이빨 자국이 나 있었다. 나는 손으로 입을 가렸다. 아무 말도 할 수 없었다. 내가 아빠 발을 문 것이다. 아빠 발에 이빨 자국 네 개가 박혀 있었다.

아빠는 집에 돌아와도 발을 씻지 않았다. 우리들은 고린내 때문에 문을 열어야 했다.

"씻기 싫으면 떼놓고 들어가요, 제발!"

아빠는 양말을 벗어 엄마에게 던지곤 했다. 그러면 엄마는 기겁을 하고 도망쳤다. 엄마는 골이 지끈거려 못살겠다고 했다. 바늘로 머릿속에 침을 놓는 것 같다고 했다.

"자기가 무슨 한의사야. 요즘엔 머릿속에 침을 놓는 한의사도 있나?"

아빠는 이불을 걷었다.

"얘들아, 너희 엄마 발냄새 한번 맡아봐라. 하루 종일 돼지우리에서 똥을 치웠나보다. 앞으로는 장화나 신고 치우라 해라."

아빠는 이불 속에서 손을 꺼냈다. 자신의 손냄새를 맡는 시늉을 했다.

"얘들아, 아빠 발냄새는 손냄새랑 같다. 자, 어서 와 맡아보렴."

"저런 사람하고는……"

우리 가족은 한바탕 웃고 말았다.

아빠는 헛기침을 남기고 집을 나갔다. 오빠와 나는 배가 고파 밥을 마저 먹었다. 오빠는 밥상을 들어다 부엌에 갖다놓았다. 나는 걸레로 방바닥을 닦았다.

나는 슬리퍼를 신고 옥상에 올라갔다. 엄마는 옥상 시멘트 바닥에 누워 하늘을 보고 있었다. 나는 엄마 곁으로 다가가 쪼그리고 앉았다. 엄마는 체크남방 깃을 세워 멍든 목덜미를 가리고 있었다.

"엄마, 뭐 해?"

"……"

"엄마, 뭐 하냐고!"

"별이 아름다워서……"

"그런데 왜 울어?"

"콩새야…… 우리 콩새…… 엄마랑 아빠랑 좋은 집 살 때까지만, 상주 할아버지 집에 가 있을래?"

"상주 할아버지 집에? 나 혼자서?"

"곧 데리러 갈게. 금방 갈게. 잠시만 가 있으면 돼."

나는 엄마와 떨어져 살아야 하는 것이 싫지만, 엄마에게 힘이 돼 주고 싶어 고개를 끄덕였다.

"금방 올 거지? 금방 와야 돼."

엄마 눈동자 속에 별이 모여 있었다. 멍든 엄마 목덜미 때문에 슬펐다. 엄마의 체크남방 단추 두 개가 떨어져나갔다. 체크남방 속으로 보이는 속살 때문에 눈물이 났다. 나에게는 별이 아름답게 보인 적이 없었다. 나는 엄마가 보는 별 중에서 두 개만 딸 수 있으면 좋겠다고 생각했다. 엄마에게 이 세상에서 가장 아름다운 단추를 달아 주고 싶었다.

멧돼지

나는 멧돼지 우리 앞에서 회초리를 들고 있었다. 할아버지와 새할머니, 이복삼촌은 과수원 일을 하러 가고 없었다. 나는 멧돼지 두 마리를 지키는 일을 맡았다. 멧돼지는 지키고 있지 않으면 언제 뛰어나올지 모르는 위험한 짐승이었다. 소나무로 만든 멧돼지 우리 문은 쉽게 부서지곤 했다. 멧돼지가 주둥이로 들이밀어 흔들고 이빨로 물어뜯으면 금세 부서지고 말았다.

나는 멧돼지 우리에서 나는 냄새를 맡았다. 땅바닥에 그림을 그렸다. 파리가 멧돼지 구유에 앉았다 날아올랐다. 아카시아나무에서 벌들이 윙윙거리고, 아카시아꽃 향기가 엄마 아빠 오빠 생각을 불러왔다. 나는 아카시아껌을 씹고 싶은 마음을 간신히 눌렀다. 주머니에서 아카시아껌 종이를 꺼내 냄새를 맡아보았다.

'지금 엄마와 아빠와 오빠는 무슨 일을 하고 있을까? 내 생각을

하고 있을까?'

나는 누구에게 맡겨지는 걸 원치 않았다. 이번이 마지막이기를 간절히 바랐다. 아카시아꽃 그림자가 마당에 그늘을 드리웠다. 미련 맞게 생겨먹은 불독은 합판 위에 드러누워 자고 있었다.

'얼마나 생각하기 싫으면 낮잠이나 잘까?'

미련 밥통 같은 불독은 눈곱이 붙은 눈을 뜨지 않았다. 눈가에 파리가 붙어 눈물을 빨아도 눈을 뜨지 않았다. 밥그릇에 파리가 끼어도 상관하지 않았다. 물그릇에 먼지가 앉아도 상관하지 않았다. 나는 작은 돌을 주워 불독에게 던졌다. 돌을 맞아도 불독은 깨어나지 않았다. 돌을 맞은 부분만 놀란 시늉으로 떨리다 멈췄다.

아이들이 나를 부르는 소리가 들렸다. 호두나무 아래서 공기놀이를 하던 아이들이 그물을 들고 냇가로 갔다. 그러나 나는 할아버지와 새할머니가 돌아올 때까지 멧돼지를 지켜야 했다. 멧돼지만 없으면 아이들과 냇가로 가서 수영도 하고 물고기도 잡을 수 있었다.

'멧돼지가 없으면 얼마나 좋을까?'

멧돼지만 없으면 당장이라도 아이들을 따라갈 수 있을 텐데. 나는 멧돼지 우리 문을 열기로 했다. 문을 열어놓고 멧돼지를 우리에서 몰아냈다. 멧돼지도 제멋대로 놀면 되는 것이다. 멧돼지들은 주둥이로 마당 흙을 파고 돌아다녔다. 나는 멧돼지를 마당에 두고 촉고그물과 어망과 쪽대를 들고 냇가로 달렸다. 메기와 미꾸라지 붕어를 잡아오면 매운탕을 좋아하는 할아버지에게 칭찬을 받을 것이다.

냇가에 운동화를 벗어놓고 물 속으로 들어갔다. 메기란 놈은 돌 속에 숨어 좀체 나올 생각을 않는다. 빛을 싫어하기 때문이다. 냇물에 대각선으로 촉고그물을 치고 막대기로 바위틈을 쑤시고 넓적한 돌을 들춰야 메기를 잡을 수 있었다. 첨벙거리고 다니며 물고기를 몰았다. 미꾸라지는 물풀 속에 숨어 있었다. 쪽대를 가져다 물풀 근처를 훑어서 잡았다. 매운탕은 고기를 많이 넣고 끓이면 텁텁한 맛이 났다. 스무 마리만 잡아가도 매운탕을 끓일 수 있었다.

촉고그물에 걸린 고기와 나뭇잎과 나뭇가지를 떼어냈다. 촉고그물을 반팔 길이로 접었다. 아이들은 물장난을 치기 시작했다. 옷이 흠뻑 젖어도 물장난은 끝나지 않았다. 딸꾹질이 나고 얼굴이 무 껍질처럼 하얗게 질려도 물장난은 계속 되었다. 힘이 빠져 미루나무 그늘에 앉아 쉬고 있는데 나뭇잎 사이로 들어오는 빛살이 보였다. 흔들리는 나뭇잎이 빛살을 곱게 걸러주었다. 따가운 빛을 푸른 부채로 부쳐 곱게 만들어주었다. 미루나무 그늘에 오래 앉아 있었다. 몸이 오돌오돌 떨렸다. 이러다 감기 들면 큰일이었다. '아플 땐 혼자가 되어야 했다. 아플 때 누군가가 곁에 있어주면 큰 힘이 될 텐데……' 나는 햇빛 속으로 걸어나왔다.

사람들이 참깨밭에서 뛰어다니고 있었다. 할아버지와 새할머니, 이복삼촌이 회초리를 들고 있었다. 참깨가 엎치면 어쩌려고 왜들 참깨밭에서 달음박질을 하고 있을까? 나는 궁금해져 참깨밭으로 뛰어갔다. 멧돼지가 참깨밭을 헤치고 있었다. 입가에 면도거품을 한 주먹씩 문 멧돼지들이 참깨밭을 망가뜨리고 있었다. 나는 그제야 빈 멧돼지 우리를 생각했다. 멧돼지는 기를 쓰고 달리고 있었다. 사람들도 멧돼지를

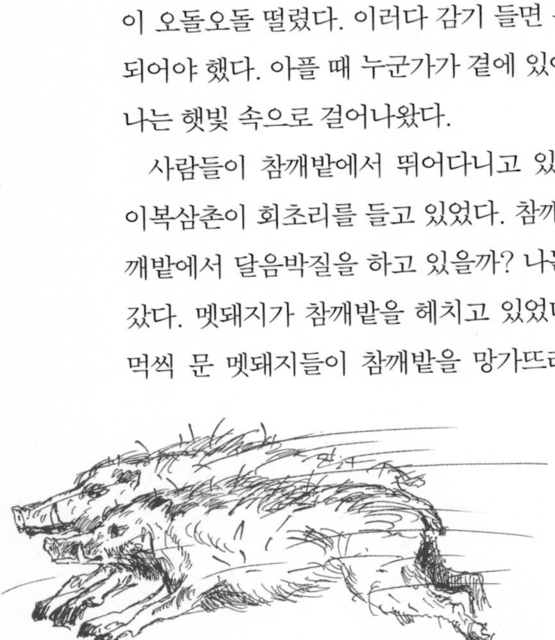

잡으려고 쫓아다녔다. 멧돼지에게는 고삐가 없었다. 할아버지와 이복삼촌은 나일론 올무를 들고 있었다. 나는 참깨밭에서 비켜 서서 멧돼지와 사람이 하는 경기를 지켜보았다. 멧돼지는 참깨밭을 벗어나 산으로 내달렸다. 사람들은 포기하고 숨을 몰아쉬고 있었다.

참깨밭에서 멧돼지를 놓친 일의 불똥은 나에게 떨어질 게 뻔했다. 나는 슬금슬금 뒷걸음치고 있었다. 이복삼촌에게 걸리면 성한 데가 없을 것이다. 이복삼촌이 만만하게 생각하는 사람은 세상에 나 하나뿐이었다. 나는 이복삼촌이 화를 푸는 유일한 상대였다.

산으로 내달린 멧돼지 한 마리는 찾지 못했다. 동네 사람들이 발 벗고 나섰지만 헛수고였다. 삼 일째 되는 날 절벽 밑에서 멧돼지를 발견했다. 그날 저녁 이복삼촌은 매를 들었다.

“네가 쫓아버린 거 다 알고 있다. 변명할 생각은 하지 마!”

이복삼촌은 회초리를 들었다. 나는 이복삼촌의 얼굴을 볼 수 없었다. 나는 눈을 감아버렸다. 나는 아무도 부를 수 없었다.

탈출

숨가쁘게 뛰어오른 언덕에서 마파람을 만났다. 나는 땀으로 범벅된 이마를 한껏 치켜들었다. 두 팔을 벌려 들었다. 가슴 깊이 바람을 들이마셨다. 온갖 나무들이 사방팔방으로 가지를 휘저었다. 나무들은 몸을 뒤로 뉘었다 앞으로 일으키기를 반복하고 있었다. 내 슬픔은 아무것도 아니라고 배꼽을 잡고 웃고 있었다. 나는 누구에게도 눈물을 보이고 싶지 않았다. 나는 눈을 감고 어금니를 깨물었다.

나는 굴참나무 아래 팔베개를 하고 드러누웠다. 가을바람이 반팔과 반바지 사이로 드러난 맨살을 쓸고 지나갔다. 온몸이 으슬으슬 떨렸다. 도망치기 전에, 점퍼라도 걸치고 나올 것을, 신발이라도 신고 나올 것을. 후회가 밀려왔다.

나는 얼굴 가까이 다리를 들어 흙투성이가 된 발가락을 꼼지락거렸다. 푸른 하늘 위로 새까만 새 한 마리가 날개를 펄럭이고 있었다.

나는 눈물이 고여오는 것을 느꼈다. '이러면 안 돼. 어떻게 도망쳐나온 건데. 나는 약하지 않아.' 나는 콧잔등에 잔뜩 힘을 주고 콧노래를 불렀다. 나만의 노래였다.

배고픔도 훨씬 덜해졌다. 나는 닷새 동안 물밖에 먹지 못했다. 나는 다락방에 갇혀 있었다. 일 주일 동안 먹지 않고 반성해야 하는 벌을 받고 있었다. 나는 이틀을 남겨두고 도망쳐나왔다.

멧돼지가 절벽에서 떨어져 죽었을 때나, 새처럼 날아보겠다고 이불홑청으로 날개를 만들어 뛰어다니다가 이복삼촌의 고등부 권투 준우승 트로피를 박살냈을 때, 또 현성 오빠가 억지로 담배를 피우게 만들었을 때, 나는 여지없이 감금과 금식이라는 벌을 받아야 했다. 나는 억울했다. 이번 일도 그랬다.

우리집 개가 옆집 필순 아줌마네 닭을 물어 죽였다. 새할머니가 그

닭으로 백숙을 끓여주었다. 나는 백숙을 다 먹은 뒤, 새할머니가 양념장을 발라 구워준 닭발을 먹었다. 나는 닭발이 하도 맛있어 하나를 남겨두었다. 다음에 먹기 위해서였다. 언젠가 새할머니가 해준 말이 생각났다.

"아주 작은 것을 받더라도 감사하다는 말을 잊지 말아라."

나는 하나 남은 닭발을 빨아가며 필순 아줌마에게 갔다.

"아줌마, 어쩌면 그렇게 닭이 맛있어요?"

"무슨 닭이 맛있어?"

필순 아줌마는, 내가 무슨 말을 하는지 몰랐다. 나는 어리둥절해졌다.

"어어, 모르시나보네. 우리집 개가 아줌마네 닭을 또 물고 왔어요."

나는 칭찬받을 줄 알고, 한달음에 새할머니에게 뛰어갔다. 나는 필순 아줌마가 작대기를 들고 우리집으로 뛰어올 줄은 몰랐다. 우리 개가 필순 아줌마네 닭을 물어올 때마다 새할머니가 시치미를 뚝 떼고 닭을 잡아 식구들 몸보신을 시켜주고 있다는 것도 몰랐다.

"도둑년이 바로 옆집에 살고 있었네. 이 벼락 맞아 뒈질 ×아!"

필순 아줌마가 새할머니를 향해 작대기를 들고 달려들었다. 나는 그 일로 인해 일 주일 동안 다락방에 갇히는 벌을 받았다. 늘 그런 식이었다. 나에게는 변명할 기회가 주어지지 않았다.

나는 눅눅한 냄새나는 다락방에 갇혔다. 곰팡이 핀 벽지를 따라 눈길을 옮기다보면 열심히 줄을 치는 거미와 마주치곤 했다. 나도 밑바닥이 훤히 들여다보이는 집을 짓고 싶었다. 끊어지고 엉키면 언제든 다시 지을 수 있는 집, 돈 한푼 들지 않는 집을 지을 수 있다면,

돈 벌러 떠난 엄마와 아빠, 오빠를 찾을 수 있을 것이다.

가끔 다락방 문이 열리고 이복삼촌이 물그릇을 들여놓았다. 냉수 사발을 들여놓고 얼른 문을 잠가버리는 이복삼촌. 다락방에 갇히는 일이 많아질수록 나는 제발 여기서 나가게 해달라 애원하지 않게 되었다.

두 팔을 뻗으면 닿는 다락방 좁은 창문으로 밖을 내다보았다. 하루하루 전쟁을 치르며 사는 나와는 상관없이 바깥세상은 조용했다.

나는 벽에 연결된 물받이 통을 타고 내려왔다. 뒤도 돌아보지 않고 내달렸다. 언덕을 넘어 한달음에 달려가 안기고 싶은 엄마의 품을 향해.

나는 팔베개를 풀어 배 위에 포개 얹었다. 숨을 더 깊이 들이마셨다. 풀냄새가 가슴으로 번져나갔다. 쓰리던 위장이 한결 편안해졌다. 산등성이 너머로 붉은 해가 지고 있었다. 어둠이 찾아오면 나는 도망쳐 나온 집으로 돌아가야 할 것이다. 내 발로 돌

아가야 할 것이다. 밖에서 밥순갈로 걸어잠근 캄캄한 다락방으로 돌아가야 할 것이다. 나는 두 손으로 억새풀을 움켜잡았다.

'약해져서는 안 돼. 지금 나를 도울 수 있는 건 나밖에는 없어. 내가 강해지면 나는 언젠가 이 언덕을 넘어갈 수 있을 거야. 이 언덕을 넘어 내가 사랑하는 사람들을 만날 수 있을 거야.'

나는 지는 해를 바라보았다.

세상이 어둠 속에 파묻혔다. 나는 언덕을 내려왔다. 맨발바닥이 아려왔다. 나는 돌멩이를 밟지 않으려고 풀 위로만 걸었다. 동네에 다다라 논두렁 위로 걸었다. 그래도 발바닥은 아팠다. 따뜻한 물에 발을 담가 씻어주던 엄마 얼굴이 떠올랐다. 씻는 게 싫어 투정부리던 내 모습이 떠올랐다. 그때로 돌아갈 수 있다면, 나는 백 번이라도 발을 깨끗이 씻을 수 있을 것 같았다.

나는 개울을 건너갔다. 발바닥에 차가운 물이 닿아 살이 베인 것처럼 쓰라렸다. 나는 엄마를 생각하며 꾹 참았다. 엄마를 생각하면 어떤 아픔도 참아낼 수 있었다. 발바닥이 갈라진 것쯤은 아픈 것도 아니었다. 내가 견딜 수 없는 것은 혼자라는 것이다. 혼자라는 것보

다 더 큰 아픔은 없었다. 어떻게 해서든 나는 혼자가 아니라고 생각하고 싶었다. 엄마가 들려준 노래를 흥얼거렸다.

'잘 자라 우리 아가…… 앞뜰과 뒷동산에…… 새들도 아가 양도 다들 자는데……'

나는 발걸음을 멈췄다. 형택 오빠네 집을 바라봤다. 형택 오빠는 나보다 다섯 살이나 많지만 나를 보고 누나라고 불렀다. 동네 할머니나 할아버지, 아줌마 아저씨들을 봐도 누나라고 불렀다. 어른들 말씀으론 형택 오빠에게 누나가 있었다고 했다. 어렸을 때 숨바꼭질을 하다 누나가 우물에 빠져 죽은 뒤로 정신이 이상해졌다고 했다. 누나가 도르래 줄을 타고 우물 안에 숨을 때 형택 오빠에게

"내가 여기 숨은 거, 아무한테도 말하면 안 돼."

한 다음 우물 뚜껑을 덮어달랬다고 했다. 형택 오빠는 누나가 시키는 대로 우물 뚜껑을 덮었다. 그리고 동네 사람들이 누나를 찾아내기 전까지, 그 누구에게도 누나가 우물 속으로 들어갔다는 말을 하지 않았다. 싸늘하게 식은 누나를 본 후 형택 오빠는, 엄마를 봐도 아빠를 봐도 누나라고 부른다고 했다. 형택 오빠는 툭하면 내 소매를 붙잡고

"누나, 저기 숨으면 안 돼. 저기 숨으면 죽어."

하곤 했다. 나는 그런 형택 오빠가 무섭지만 그 말을 하며 눈물을 글썽일 때면 나도 모르게 마음이 아파 손을 잡아주곤 했다. 내가 손을

잡아주면 형택 오빠는 금방 눈물을 그치고 어린아이처럼 웃곤 했다. 나는 형택 오빠의 웃는 모습을 바라보며, 힘들 때 서로의 손을 잡아주는 것만으로도 큰 힘이 될 수 있다는 엄마의 말이 떠올랐다. 누군가 내 손을 이렇게 꼭 잡아줬으면 좋겠다는 생각도 했다.

지금 형택 오빠는 엄마 아빠와 저녁밥을 먹고 있을 것이다. 형택 오빠네 집에서 김치찌개 냄새가 났다. 아무리 힘든 일이라도 누군가 곁에 있으면 견디기 쉬울 거라는 생각이 들었다. 나는 속이 쓰려오는 걸 느끼면서 형택 오빠네 집을 돌아나와 우리집 대문 앞에 섰다.

나는 무서워 대문을 살짝 열고 안을 들여다봤다. 할아버지 방과, 이복삼촌 방에 불이 환하게 켜져 있었다. 이복삼촌이 방문을 조금

열어놓고 책상에 앉아 있는 게 보였다. 이복삼촌은 보나마나 만화책에 푹 빠져 있을 것이다. 나는 이복삼촌이 만화책 외에 다른 책을 읽는 걸 본 적이 없었다. 할아버지가 만화책을 뺏어다 불살라버리면, 이복삼촌은 또다른 만화책을 사왔다. 할아버지가 이복삼촌의 만화책을 빼앗아가는 날이면 나는 어김없이 다락방으로 올라가야 했다.

이복삼촌은 자기에게 일어나는 안 좋은 일이 나 때문에 생기는 거라 믿는 것 같았다. 할아버지가 이복삼촌의 만화책을 뺏는 날이면 나는 이복삼촌보다 더 화가 나고 속이 상했다. 이복삼촌의 불행이 곧 나의 불행이기 때문이었다.

새할머니는 멧돼지 우리 속으로 몸을 숙이고 멧돼지에게 밥을 주고 있었다. 조금만 조심한다면, 아무도 눈치 못 채게 다락방으로 올라갈 수 있을 것이다. 나는 살금살금 걸어 수돗가를 지나갔다. 세숫대야 옆에 이복삼촌의 슬리퍼가 놓여 있었다. 나는 얼른 이복삼촌의 슬리퍼를 신었다. 이제 마루로 올라가 이복삼촌의 방문 앞만 지나가면, 오늘 하루는 무사히 넘어갈 것이다. 나는 호흡을 가다듬고 한 걸음 내디뎠다.

"떼뎅뎅뎅……"

갑자기 요란한 소리가 들렸다. 이복삼촌의 슬리퍼가 내 발엔 너무 컸다. 벗겨진 슬리퍼 한 짝이 세숫대야를 쳐버린 것이다. 순간 심장이 멎는 것 같았다. 집에서 키우는 진돌이와 진숙이가 개집에서 나와 짖어댔다. 이복삼촌의

방문이 활짝 열리는 소리가 났다. 나는 슬리퍼 한 짝만 신은 채 장독대로 뛰었다. 새할머니 목소리가 들렸다.

“게 누구요?”

나는 숨을 죽이고 있었다. 곧바로 이복삼촌의 날 선 목소리가 들렸다.

“어떤 놈이 죽고 싶어 남의 집에 숨어들어?”

이복삼촌이 마루에서 내려와 신발을 질질 끌며 걸어왔다. 나는 여기서 잡히면 죽을 거라는 생각이 들었다. 어떻게 해서든 들키면 안 된다고, 정신 똑바로 차려야 한다고 마음을 다잡았다. 이복삼촌이 수돗가에서 주위를 살폈다. 나는 이복삼촌이 대문 쪽으로 몸을 돌린 틈을 타 장독 뚜껑을 열었다. 장독 안에는 된장이 들어 있었다. 나는 얼른 장독 뚜껑을 열고 장독 안에 숨었다. 된장 냄새가 진동했다. 이복삼촌이 지나가기를 기다렸다. 이복삼촌은 장독대 앞을 서성이며 도둑을 찾았다.

“그만 들어와라. 도둑고양이가 장난친 건가보다.”

새할머니가 이복삼촌에게 말했다. 이복삼촌은 씩씩거렸다.

“그놈의 고양이 씨를 말리든지 해야지 원. 하루 이틀도 아니고 신경 쓰여 죽겠구만.”

이복삼촌이 장독대 앞을 지나갔다. 나는 그제야 가슴을 쓸어내렸다. 집안이 조용했던 걸 보면 내가 다락방에서 도망쳐나온 걸 모르는 게 분명했다. 내가 도망친 걸 알았다면 이복삼촌은 동네 어귀까지 날 잡으러 나왔을 것이다. 나는 장독 속에 쪼그리고 앉아 집에 불이 꺼질 때를 기다렸다. 엉덩이와 정강이를 덮은 된장 때문에 살갗이 따가웠다. 나는 숨을 덜 쉬려고 노력했다. 하염없이 시간이 더디게 흘러갔다.

장독 속에 갇혀 있으니, 형택 오빠의 누나가 생각났다. 그 언니는 우물 속에 갇혀 무슨 생각을 했을까. 아무것도 보이지 않는 캄캄한 우물 속에 갇혀 누군가 자기를 구해주길 얼마나 기다렸을까. 우물을 벗어나기 위해 죽어라 몸부림쳤을 언니를 생각하니, 온몸에 소름이 돋고 자꾸만 다리에 힘이 빠졌다. 밖에서 사람 발소리가 들렸다. 나는 장독 뚜껑을 잡고 숨을 죽였다. 새할머니의 마른기침 소리가 들렸다. 나는 아차 싶었다. 새할머니는 다음날 아침식사를 위해 미리 장을 퍼두곤 했다. 내가 숨어 있는 옆 장독 뚜껑이 열리는 소리가 났다. 가슴이 내려앉는 것 같았다.

"이번 간장 맛은 왜 이리 짜나."

새할머니가 옆 장독에서 꺼낸 간장 맛을 보고 있었다. 다시 뚜껑 닫는 소리가 들리고, 그 옆 장독 뚜껑 열리는 소리가 들렸다. 나는 아주 된장 속으로 파고들어가 숨고 싶었다. 이대로 들키는 날엔 다락방을 도망쳐나온 벌에 된장까지 못 먹게 만든 벌을 받아야 했다. 이복삼촌의 핏발 선 눈빛이 떠올랐다. 온몸이 떨렸다.

"배추김치가 벌써 익어버렸네."

새할머니의 목소리가 가까워졌다. 나는 두 손을 잡고 기도했다.

'하나님, 한 번만 살려주시면, 착한 아이가 되도록 노력할게요.'

새할머니의 발소리가 내가 숨은 장독 앞에서 멈췄다. 나는 두 눈을 꼭 감았다.

'하나님, 한 번만 살려주시면, 착한 아이가 될게요.'

새할머니가 내 머리 위 장독 뚜껑을 들어올렸다. 이제는 끝이구나…… 그런데 참 희한한 일도 다 있었다. 장독 뚜껑이 반쯤 열리다가 다시 닫혔다. 새할머니의 중얼거리는 목소리가 들렸다.

"내일은 그냥, 남은 된장 마저 끓여 먹지."

나는 장독 벽에 기댔던 등을 떼었다. 두 손을 살짝 위로 들었다. 아주 조용히 '만세! 만세!' 를 불렀다. 내게도 기적이 찾아온 것이다. 나는 하나님께 진심으로 고맙다고, 담에 만나면 콩사탕 열 개 주겠다고 약속했다. 콩사탕 열 개는 내가 가진 것 전부였다. 하나님은 그걸 잘 알고 있을 것이다.

이제 진돌이와 진숙이도 잠이 든 것 같았다. 나는 장독 뚜껑을 열고 고개를 들었다.

"휴우."

깊은 숨을 내쉬었다. 몸 속으로 추위가 퍼졌다. 별들이 나를 내려다보았다.

"거기서 뭐 하니? 몸이 왜 그래?"

호기심이 가득한 눈빛이었다. 나는 부끄러워

장독 밖으로 얼른 발을 빼내었다. 나는 내 한쪽 발에 이복삼촌의 슬리퍼가 신겨 있던 것을 기억해냈다. 나는 금방 하나님께 기도한 것이 생각나 망설여졌다. 착한 아이가 되겠다고 했는데 벌써 못된 생각을 해내다니. 해도 해도 너무하다는 생각이 들었다. 그렇지만 나는, 처음으로 찾아온 복수의 기회를 놓칠 수 없었다.

'하나님, 다음부터 착해질게요. 알았죠?'

나는 이복삼촌의 슬리퍼를 된장 속에 파묻었다. 그리고 된장을 잘 덮어두었다. 아무 일도 없었던 것처럼 말끔히 흔적을 감췄다. 나는 한참을 키득키득 웃었다. 착해지는 건 정말 힘든 일이었다. 하나님은 그걸 잘 알고 있을 것이다.

나는 무사히 하루를 넘겼다. 그 누구도 내가 도망친 것과 된장 장독에 숨었던 것을 알지 못했다. 오늘 일은 하나님과 나만의 비밀이었다.

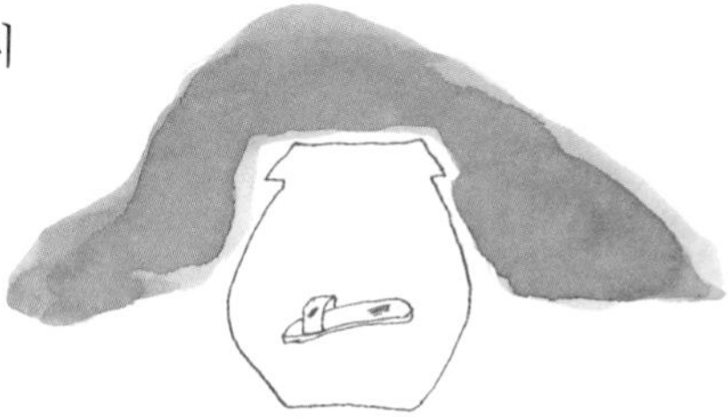

밤송이

혜자 혜숙이 언니는 쌍둥이다. 우리집 건너편에 사는 혜자 혜숙이 언니를 구별하는 사람은 언니들 가족과 언니들 친구 몇 명, 그리고 이복삼촌이 전부였다. 혜자 언니는 읍내 벽돌공장에서 전화를 받고 잔심부름을 했다. 혜숙이 언니는 버스 터미널 매표소에서 표를 팔았다. 혜자 혜숙이 언니는 이복삼촌 일 년 후배였다.

몇 달 전부터, 이복삼촌과 쌍둥이 언니 한 명이 몰래 만나기 시작했다. 우리집 담 너머에서 소곤거리는 소리를 들었다.

나는 이복삼촌과 쌍둥이 언니 한 명이 밤마다 우리집 담 너머에서 만나 무슨 얘기를 나누는지 궁금했다. 우리집 담 너머에는 밤나무들이 밤송이를 벌리고 있었다. 이복삼촌과 쌍둥이 언니 한 명이 아무도 모르게 밤을 까먹고 있었다. 나는 담에 사닥다리를 놓고 올라갔다. 쌍둥이 언니는 이복삼촌의 어깨에 기대어 있었다. 이복삼촌은 쌍둥이 언니의 긴 머리를 쓰다듬고 있었다.

"숙아, 우리 여기서 토끼자. 서울 가서 둘이 행복하게 살자."

"서울 가면 뭘 먹고 살아? 아는 사람도, 취직자리도 없잖아?"

"내가 노가다라도 뛸게. 둘이서 굶기야 하겠냐. 체육관에 나가 열심히 운동해서 세계 챔피언 되는 게 내 꿈이야."

"계속 권투해서 골병들려고. 나는 피 흘리며 치고받는 권투는 딱 질색이야."

밤알이 바닥에 떨어져 구르는 소리가 들렸다. 나는 그림자를 들킬까 조심조심했다. 나는 사닥다리 계단에 앉아 둘의 목소리를 들었다.

"당장 방 얻을 돈도 없잖아. 거지마냥 길거리에서 먹고 자자고?"

"그건 내가 준비할 테니 걱정 마라. 엊그저께 봤는데 사과 판 돈

장롱 속에 숨겨둔 거 있더라. 몇십만원은 되겠더라. 그거 갖고 가면 방 한 칸은 얻을 만할 거다."

"그러니까, 오빠네 돈 훔쳐 튀자고? 나도 적금든 거 깨면, 몇십만원은 된다."

둘은 서울로 도망갈 준비를 하고 있었다.

쌍둥이 언니는 새엄마 밑에서 자랐다. 중학교만 졸업하고 돈을 벌기 시작했다. 쌍둥이 언니의 아빠는, 우리 동네에서 제일가는 주정뱅이였다. 아침부터 주막에 내려가 술을 마시고 저녁에 돌아왔다. 어른들 말로는 술을 하도 마셔서 얼굴이 새카맣게 탔다고 했다. 쌍둥이 언니들 아빠는 간이 돌처럼 굳어간다고 했다. 예전에는 아침부터 마시면, 큰 병 하나는 너끈히 마셨다고 했다. 하지만 지금은 작은 병으로 한 병도 못 마신다고 했다. 번번이 밥을 거르고 술을 마시면서, 안주를 입에도 안 대기 때문이라고 했다.

주정뱅이 아저씨의 술안주는 굵은 소금이었다. 종지에 굵은 소금을 담아놓고, 소주 한 잔 마실 때마다 한 알씩 찍어 먹는다고 했다. 주정뱅이 아저씨는 주막에서 집까지 걷는 데 몇 시간이 걸렸다. 찻길에서 휘청거리며 걷는 주정뱅이 아저씨 모습은 물 속에서 허우적거리는 것처럼 보였다. 앞으로 한 걸음 뒤로 한 걸음, 좌로 한 걸음 우로 한 걸음. 한참을 걸어도 그 자리에서 허우적거리고 있었다. 찻길 가에 핀 코스모스들

은 주정뱅이 아저씨가 우스워 죽겠다고 밤낮으로 웃고 있었다.

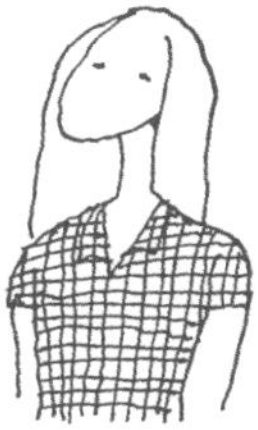

이복삼촌은 누구와도 도망칠 수 없었다. 담에 사닥다리를 놓고 올라갔을 때 이복삼촌과 혜숙이 언니는 끌어안고 입을 맞추고 있었다.

언제부터인가 혜자 언니와 혜숙이 언니는 같은 옷을 입고 다니지 않았다. 신발도 다른 것을 신고 다녔다. 머리핀도 핸드백도 달랐다. 붉고 촘촘한 체크무늬 남방을 입고 다니는 건 혜자 언니였다. 이복삼촌은 혜숙이 언니와 한 얘기를 혜자 언니에게도 그대로 했다. 나는 쌍둥이 언니들이 불쌍해지기 시작했다. 어떻게 해서든지 이복삼촌과 쌍둥이 언니들을 떼어놔야겠다고 생각했다.

불을 끄고 자려고 누워도 불쌍한 혜자 혜숙이 언니 얼굴이 떠올랐다. 이 사실을 알게 되면 쌍둥이 언니들은 얼마나 괴로울까. 괴로워하는 혜자 혜숙이 언니 사이에 이복삼촌의 야비한 얼굴이 끼어 웃고 있었다. 어떻게 하면 혜자 혜숙이 언니를 구해낼 수 있을까. 나는 밤알이 땅바닥에 떨어질 때마다 깜짝깜짝 놀랐다.

나는 담벼락 밑에 밤송이를 모아두었다. 입만 열면 거짓말을 하는 이복삼촌에게 복수하기 위해서였다. 나는 복수할 날을 기다렸다. 나는 아빠가 찾아오기만을 손꼽아 기다렸다. 아빠가 찾아오는 날, 나는 이복삼촌에게 복수할 것이다. 아빠는 쌀과 김장김치를 실어가기 위해 트럭을 몰고 올 것이다. 나는 아무도 모르게 보자기에 짐을 챙기기 시작했다.

드디어 아빠가 찾아왔다. 이복삼촌은 험상궂은 얼굴로 내 눈을

쏘아봤다. 곁눈질로 내 눈치를 살폈다. 그 동안의 일을 말하면 가만 두지 않겠다는 협박이었다. 나는 모른 척 이복삼촌의 눈초리를 무시했다.

단풍잎이 곱게 깔린 밤나무숲에도 어둠이 내렸다. 밤이슬이 촉촉하게 내려앉은 밤나무숲에서 이복삼촌이 쌍둥이 언니를 기다리고 있었다. 이복삼촌은 담벼락에 기대어 담배를 피웠다. 가끔 왼손을 흔들었다. 자동손목시계를 찬 후로 이복삼촌에게 생긴 버릇이었다. 흔들어 밥을 주는 자동손목시계를 찼다고 과시하기 위해서였다. 오늘 나올 쌍둥이 언니는 혜자 언니였다. 혜자 언니는 읍내에서 버스를 타고 와 정류장에서 내릴 것이다. 우리집 뒤편 앙상한 밤나무숲으로 올 것이다.

나는 플라스틱 세숫대야에 밤송이를 채워두었다. 그리고 비닐봉지에도 밤송이를 채웠다. 담 너머에서 오줌 누는 소리가 들렸다. 이복삼촌은 밤나무 단풍잎이 깔린 바닥에 오줌을 누고 있었다. 나는 숨을 죽이고 담 밑에 쭈그리고 앉았다. 오늘은 어떻게 해서든 복수를 해야 했다.

낙엽 밟는 소리가 들렸다. 혜자 언니가 이복삼촌을 만나러 온 게 틀림없었다. 나는 사닥다리를 밟고 올라가 담벼락 바깥을 살폈다. 혜자 언니가 이복삼촌 앞으로 다가갔다. 이복삼촌은 소매에 양손을 찔러넣고 야비하게 웃었다.

"왜 이제 왔어? 늦게 마쳤어?"

"아니, 오늘이 읍내 장날이잖아. 사람이 많아서 앞차를 못 탔어."

"날씨가 많이 추워졌다. 이제 여기서는 못 만나겠다."

"그러게 말이야. 이젠 어디서 만나지?"

이복삼촌은 혜자 언니를 끌어안았다.

"산골짜기에 굴을 하나 파야겠어. 봄날까지 굴에서 만나야겠어."

"거기까지, 무서워서 어떻게 찾아가?"

"추운 것보다는 무서운 게 백 배 낫지. 그렇지 않아?"

"……"

"그건 그렇고. 적금은 해약했냐?"

"응."

"잘했다. 내일 아침에 읍내 나가서 오토바이 사야겠다. 중고로 샀더니만, 시동이 안 걸려 골치가 아프네."

나는 사닥다리를 타고 내려왔다. 밤송이가 담긴 플라스틱 세숫대야를 들고 사닥다리를 올랐다. 까닥 발을 잘못 디디면 밤송이를 안고 떨어질 것이다. 비닐봉지에 담긴 밤송이는 사닥다리 끝에 매달아놓았다. 나는 이복삼촌과 혜자 언니가 떨어지기만을 기다렸다.

나는 이복삼촌에게 세숫대야에 담긴 밤송이를 쏟아부었다. 밤송이를 맞은 이복삼촌은 기겁을 했다. 이복삼촌은 소리도 지르지 못하고 쩔쩔맸다. 혜자 언니는 '엄마'를 부르며 달아났다. 나는 비닐봉지에 담긴 밤송이도 이복삼촌에게 갈겨 뿌렸다. 나는 얼른 사닥다리에서 내려와 아빠에게 달려갔다. 내일이면 온 동네에 소문이 퍼질 것

이다. 나는 벌써 수다쟁이 정아네 집에 다녀왔다.

이복삼촌은 아빠를 이길 수 없을 것이다. 나는 이복삼촌이 못살게 굴었던 일을 아빠에게 일러바쳤다. 아빠는 담배를 피웠다. 아빠는 방문을 박차고 나갔다.

"익수 자식 어딨어? 익수 자식 어딨냐고!"

새할머니와 이복고모와 할아버지가 뜯어말렸지만, 아빠는 작대기를 들고 이복삼촌을 쫓아갔다. 아빠는 동네를 발칵 뒤집어놓았다. 이복삼촌은 어디에 숨었는지 끝내 나오지 않았다. 아빠는 대문을 들어서자마자 내게 짐을 싸라고 소리부터 질렀다. 나는 싸놓은 짐보따리 셋을 트럭에 실었다. 아빠는 트럭 시동을 걸었다. 아무도 말리는 사람이 없었다.

나는 눈물을 닦고 아빠 얼굴을 바라봤다.

"아빠, 우리 지금 어디로 가?"

"일단, 포항으로 가자. 포항 큰이모 집으로 가자."

"큰이모가 우릴 오랬어?"

"……"

아빠는 담배를 물고 있었다. 트럭 불빛이 추수 끝난 논바닥을 비췄다. 베어진 벼 밑동마다 반 뼘씩 새싹이 올라와 있었다. 파란 새싹 불꽃들은 출렁이는 트럭 불빛을 받아 춤을 추었다.

아이스크림

큰이모의 외동딸 지숙이 언니는 중학생인데 하는 짓은 유치원생이었다. 공주병이라 친구가 하나도 없었다. 언니는 교복을 입고 있을 땐 중학생인데 교복을 벗으면 어린애로 돌아왔다. 하늘색 체육복을 입고 있으면 영락없는 어린애였다. 하얀 티셔츠에 청바지를 입었을 때에도 마찬가지였다. 지숙이 언니는 눈이 나빠 알이 두꺼운 안경을 끼고 있었다. 안경을 벗으면 금세 안개 속에 갇히고 말았다. 내 눈 찾아내라 화를 내기 일쑤였다. 큰이모가 치킨가게에 나가 있을 때, 지숙이 언니는 미장원 놀이를 했다. 내 머리를 땋았다 풀었다 감았다 풀었다 화장을 했다 지웠다 변덕이 죽을 쒔다.

"예쁘지? 정말 예쁘지?"

나는 하는 수 없이 고개를 끄덕였다. 고개를 끄덕이지 않으면 언제 끝날지 모르는 놀이였다. 나는 괴로워 견딜 수 없지만 참아내야 했다. 큰이모네 집에 얹혀사는 내 처지를 생각해야 했다. 지숙이 언니는 자신의 솜씨를 확인해야 직성이 풀렸다. 나는 언니가 해준 그대로 밖에 나가야 했다. 언니는 피곤하다며 박카스를 사오라고 시켰다.

"약국에 가서 박카스 사고, 나 예뻐요, 물어보고 와라."

나는 거울 속의 내 모습을 보기가 죽기보다 싫었다. 미친 사람으로 오해받을 내 모습. 노란 고무줄에 묶인 머리카락. 나 예뻐요? 하고 물어보기 싫었지만 언니가 뒤에서 지켜볼 것만 같았다. 나는 언니가 시키는 대로 약국에 가서 박카스를 샀다. 차마 입이 떨어지지는 않았지만

"나 예뻐요?"

묻고는 후닥닥 약국을 나왔다. 나 예뻐요. 나 예뻐요. 머리를 흔들면서.

언니는 박카스를 먹고 누워 만화책을 읽었다. 제발 천천히 읽어야 할 텐데. 책장 넘기는 속도가 빨랐다. 나는 또 만화책 빌리러 가야 했다. 만화방에 가서, 또 '나 예뻐요?' 물어봐야 했다.

"콩새야, 배고프지 않니? 우리 라면이나 끓여먹을까?"

나는 슈퍼에 심부름 보낼까 두려웠다. 라면 사러 가는 건 문제가 아니었다. '나 예뻐요?' 또 물어보고 와야 했다. 쥐가 파먹은 것처럼 내 단발머리를 잘라놓은 날도 그랬다. 길거리에 나가 나 예뻐요? 사람들에게 열 번만 물어보고 오라고 지숙이 언니가 시켰다.

"콩새야, 라면 사와라. 물은 내가 올려놓을게."

나는 슈퍼로 갔다. 언니가 시키지도 않았는데, 주인아저씨에게

"나 예뻐요?"

물었다. 나는 설움이 복받쳐 눈물이 나왔다.

지숙이 언니가 학교에서 체력검사를 하고 돌아와 잠들었다. 지숙이 언니는 입까지 벌리고 곯아떨어졌다. 내게 복수할 기회가 찾아왔다. 나는 가위를 가져다 지숙이 언니 머리를 자르기 시작했다. 쉬울 것 같았는데 마음먹은 대로 되지 않았다. 한쪽을 자르면 다른 한쪽이 올라가 있었다. 단발머리는 자꾸 짧아졌다.

나는 안절부절못했다. 큰이모가 돌아올 시간이 다가오고 있었다. 큰이모가 돌아오기 전에 지숙이 언니 단발머리 선을 맞춰놔야 했다. 들키지 말아야 했다. 초인종이 울렸다. 나는 빗자루를 들고 머리카락을 쓸어모으고 얼른 형광등 스위치를 내렸다.

"얘들아, 벌써 자는 거니? 아이스크림 사 왔다."

큰이모는 거실에 들어와 방문 손잡이를 잡았다. 나는 방문을 잠가 놓았다. 큰이모는 열쇠를 찾고 있었다. 나는 벽에 붙어 있었다. 큰이모가 방문을 열었다. 큰이모는 방문 앞에 덩치 큰 쥐가 있는 줄 알았다. 큰이모는 깜짝 놀라 뒤로 물러섰다.

"빗자루, 빗자루…… 어딨어. 방에 쥐새끼가 들어왔어!"

큰이모는 빗자루를 들고 방문 앞 쥐를 때려잡기 시작했다. 내가 모아놓은 머리카락이 방 안에 흩어졌다.

"어어…… 쥐새끼가 날아다녀!"

쥐새끼가 사라졌다. 큰이모는 형광등 스위치를 올렸다. 큰이모는 방 안에 흩어진 머리카락을 보았다. 아무 말도 하지 못했다. 큰이모는 지숙이 언니 머리를 보았다.

"네가 그랬지. 네가 지숙이 머리를 파먹은 쥐새끼지. 네가 한 짓 맞지!"

큰이모는 빗자루 몽둥이로 내 종아리를 내리쳤다.

"어떻게 학교에 다니라고. 넌 사람도 아냐!"

큰이모는 오랫동안 분을 삭이지 못했다. 나는 종아리가 부르트도록 빗자루 몽둥이 맛을 봤다. 비닐봉지 속 아이스크림이 녹아 방바

닥에 흘러들고 있었다. 큰이모는 빗자루를 들고 밖으로 나갔다. 나는 쭈그리고 앉아 울었다. 큰이모가 밖에서 소리쳤다.

"뚝 그치지 못해! 뚝 그치고, 아이스크림이나 먹어!"

나는 울음이 멎을 때까지 흘러내린 아이스크림을 핥아먹었다.

보석

어젯밤엔 잠이 안 와 새벽까지 배꼽을 팠다. 아침에 배꼽이 쓰라렸다. 배꼽을 잘못 건드려 상처가 나면 죽는다고 했다. 어른들은 겁을 주려고 자주 죽는다는 말을 썼다.

지숙이 언니가 곁에 서 있었다. 지숙이 언니는 무슨 말인가를 하고 싶은 모양이었다. 나는 오늘 외할머니를 따라 외갓집으로 가야 했다. 치킨가게가 잘 되지 않아 큰이모 사정이 힘들어졌기 때문이다. 사람들은 언제 만날지 모르는 사이가 되어야 아쉬워했다. 나는 눈을 비비고 일어났다. 이불을 개 장롱에 넣었다.

아빠가 상주에서 나를 데리고 왔을 때였다. 아빠는 면목이 없어 큰이모네 집까지 나를 데려다주지 못했다. 아빠는 골목에 나를 떨어뜨리고 트럭을 몰고 어디론가 떠나갔다.

"언니가 마중 나올 거다. 언니를 따라가면 된다."

골목에는 중학생으로 보이는 언니가 라면박스를 깔고 앉아 있었다. 언니는 하얀색 리코더로 〈섬 그늘〉을 불고 있었다. 나는 저 언니가 큰이모네 딸이었으면 좋겠다고 생각했다. 큰이모가 골목에서 나왔다. 하얀색 리코더를 불고 있던 언니가 지숙이 언니였다.

점심때가 되어 외할머니가 찾아오셨다. 외할머니는 보따리를 이고 또 한쪽 손에 보따리를 들고 대문을 들어섰다. 외할머니는 나를 데리러 오셨다. 나는 정 붙일 틈이 없었다. 어른들 손에 이끌려 짐을 싸야 했다. 나는 그때마다 이를 악물었다. '이제, 누구에게라도 나를 맡겨놓지 않겠어!' 다짐했다.

외할머니는 싸오신 반찬과 생선, 건어물들을 풀어 냉장고에 정리해 넣었다. 나는 벽시계 아래 서서 시간을 재고 있었다. 나는 죽변 외갓집으로 다시 가야 한다.

치킨가게에 들러 큰이모에게 인사를 하고 터미널로 갔다. 포항에서 울진까지 시외버스를 타고 갔다. 외할머니는 내 손을 잡았다. 외할머니는 잔털이 유난히 많은 내 얼굴을 쓰다듬어주셨다.

후포 앞바다를 지날 때였다. 나는 먼 바다를 바라보고 있었다. 외할머니는 내 얼굴에 난 솜털을 보면서 혼잣말을 하셨다.

"나도 너만할 때가 있었단다."

"……"

"그러나, 그걸 다 잊어버렸어……"

나는 외할머니의 눈빛과 마주쳤다. 외할머니는 웃음을 머금고 계셨다.

울진 터미널에 내려 죽변 가는 시내버스로 갈아탔다. 봉평 해수욕장을 지나고 있었다. 햇빛이 바닷물에 떨어져 빛을 내고 있었다. 외할머니는 다시 내 손을 잡았다.

"콩새야, 저기 금싸라기 좀 봐라. 아름답지?"

"……"

나는 눈물이 나는 걸 참아냈다. 누군가 바닷물에 금가루를 뿌리고 있는 것 같았다.

'저게 금가루라면 얼마나 좋을까? 저걸 주워담을 수만 있다면. 우리 가족이 한자리에 모여 살 수 있을 텐데.' 나는 마음이 아려오는 걸 참아냈다.

"저 햇빛 부스러기를 봐라. 세상에서 가장 아름다운 보석을 말이다. 세상에서 가장 아름다운 보석은 가질 수 없는 거란다. 그래서 아름다운 거란다. 손에 쥐는 순간, 보석의 아름다움이 사라지는 거란다. 마음으로 봐야 세상에서 가장 아름다운 보석을 볼 수 있는 거란다."

나는 세상에서 가장 아름다운 보석이 뭘까 생각해보았다. 내 눈에 고인 눈물이 얼마나 될까 생각해보았다.

"할무니, 정말 세상에서 가장 아름다운 보석은 가질 수 없는 거야?"

"언젠가는 가질 수 있겠지. 콩새 소원이 이루어지는 날 말이다. 하지만 콩새는, 그 아름다운 보석을 볼 수 없을 거야."

"왜? 왜 볼 수 없어?"

"콩새가 가진 보석은 콩새가 볼 수 없는 거란다. 그 대신 다른 사람이 콩새가 가진 보석을 보고 아름답다고 하겠지."

나는 무슨 말인지 몰라 외할머니 얼굴만 바라봤다. 외할머니는 내 두 손을 모아 잡아주었다.

"이 할미가 가진 가장 아름다운 보석은 우리 콩새란다."

"정말? 할무니 눈엔 내가 그렇게 아름다워?"

외할머니는 고개를 끄덕여주었다. 외할머니 눈에도 금 부스러기가 빛났다.

"언젠가, 우리 콩새도 누군가를 위해…… 우리 콩새가 가진 금 부스러기를 아낌없이 뿌려줄 거라 할미는 믿고 있단다."

멀리 죽변 항구가 보이기 시작했다.

고등어

나는 수백 마리 고등어와 함께 헤엄치고 있었다. 나는 고등어와 같이 숨을 쉬었다. 고등어의 지느러미가 내 뺨을 간질였다. 나는 고등어의 지느러미를 만져보고 싶어 두 손을 뻗었다. 배불뚝이 고등어의 지느러미가 내 손에 잡혔다. 순간, 고등어들이 멈춰 섰다. 나는 무언가 잘못한 것 같았다. 고등어들은 배불뚝이 고등어를 둘러싸고 무서운 눈으로 나를 째려봤다. 애꾸눈 고등어가 내게 다가왔다. 애꾸눈 고등어의 지느러미가 내 오른 뺨을 후려쳤다.

"왜 때려!"

나는 오른쪽 뺨을 감싸쥐고 애꾸눈 고등어를 쏘아봤다. 애꾸눈 고등어가 지느러미를 치켜들어 내 왼쪽 뺨도 후려쳤다.

"네 잘못을 모른단 말이냐?"

나는 온몸이 떨렸다.

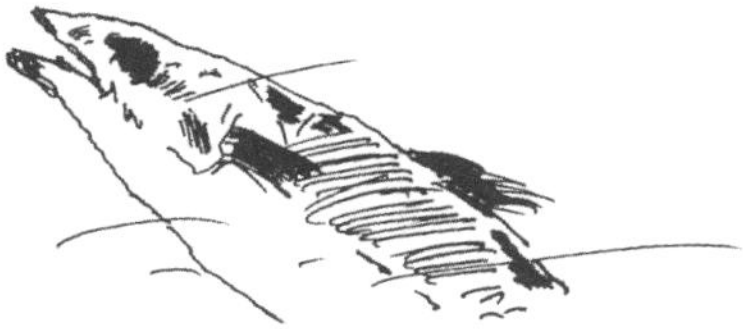

"내가 뭘 잘못했어!"

고등어들이 술렁거리기 시작했다.

"넌, 우리 대장을 해치려 했어."

애꾸눈이 배불뚝이를 가리켰다. 수많은 고등어들 사이로 배불뚝이 고등어가 보였다. 배불뚝이 고등어는 아주 거만한 표정으로 나를 쳐다보고 있었다.

"세상에, 저 배불뚝이가 대장이라니……"

나는 고개를 흔들었다.

"난, 배불뚝이가 대장인지 몰랐어. 해칠 생각은 없었단 말이야."

배불뚝이 얼굴이 붉어졌다. 몇몇 고등어도 웃음을 참느라 얼굴이 붉어졌다. 배불뚝이 대장이 흐느적거리며 내게 다가왔다. 애꾸눈이 배불뚝이 뒤로 물러섰다. 나는 두려움을 드러내지 않으려고 주먹을 쥐었다.

"내가 배불뚝이라고? 대장답지 못하다고?"

배불뚝이가 지느러미로 내 턱을 치켜들었다. 술렁이던 주위가 금세 조용해졌다. 나는 어떻게 대답해야 할지 몰라 망설였다. 그렇다고 대답하면 배불뚝이가 가만있지 않을 것이다. 그러나 나는 외할머니 말씀이 생각나 이를 물고 고개를 끄덕였다. 외할머니는 언제 어디서나 정직한 사람이 되어야 한다고 가르쳐주셨다. 나는 입 안의 침을 삼키며 '너 같은 건 아무것도 아니다, 난 한 방에 널 날릴 수 있다' 고 주문을 걸었다. 배불뚝이는 지느러미로 가슴을 탕탕 쳤다.

"내가 왜 대장답지 못하다는 거야?"

배불뚝이의 툭 튀어나온 눈이 곧 빠져버릴 것만 같았다.

"넌 너무 뚱뚱해."

"뚱뚱한 게 뭐 어때서!"

배불뚝이가 고함을 질렀다.

"나는 지금까지 너처럼 뚱뚱한 대장은 본 적이 없어. 독수리 오형제나, 손오공, 그리고 태권V에서 본 대장들은 모두 날씬하단 말이야. 그들은 너처럼 부하의 힘을 빌리지 않아. 부하들이 지켜주는 대장이 어디 있니? 대장이 부하들을 지켜주는 거지."

배불뚝이의 얼굴이 붉어졌다. 여기저기에서 고등어들이 술렁거렸다. 나는 크게 한 방 먹인 것 같아 으쓱해졌다. 당황한 배불뚝이 곁으로 애꾸눈이 다가와 귓속말을 했다. 배불뚝이의 입가에 웃음이 번졌다. 애꾸눈이 나를 보며 웃었다. 무언가 음모를 꾸미고 있는 게 분명했다. 주먹을 불끈 쥐고 두려움을 참았다. 배불뚝이가 내게 말했다.

"넌 어디로 가는 거냐?"

"포항으로."

"그런데 왜 우리를 따라오지? 네 갈 길로 갈 것이지."

나는 우물쭈물 말을 흐렸다.

"거기가 어딘지 몰라. 어떻게 가야 하는지도 모르고. 너희들이 이맘때쯤 포항으로 내려간다고 외삼촌이 얘기해줬어."

배불뚝이가 큰 소리로 웃었다. 배가 출렁거렸다.

"넌 고등어가 아냐. 더이상 함께 갈 수 없어. 어서 돌아가."

이대로 돌아갈 수는 없는 일이었다.

"엄마를 만나야 해. 포항에 가서 서울 가는 기차를 탈 거야."

"그건 내 알 바 아냐. 혼자서 찾아가."

배불뚝이가 딱 잘라 말했다. 자기가 이겼다는 표정이었다. 나는 눈물이 나오려는 걸 억지로 참았다. '넌 고등어가 아냐. 고등어가 아냐.' 배불뚝이의 말이 자꾸만 귓가를 맴돌았다. 숨이 차올랐다. 더이상 숨을 쉴 수가 없었다. 나는 바닷물 속에 빠져 죽지 않으려고 발버둥을 쳤다. 이마에 땀이 맺혔다.

문틈으로 밥 짓는 냄새가 새어들어왔다. 나는 이마에 맺힌 땀을 닦으며 마루로 걸어나갔다. 연탄화로에 냄비 두 개를 올려놓고, 외할머니가 찬장에서 소금을 꺼내고 있었다. 나는 우울한 목소리로 외할머니를 불렀다. 외할머니가 마루에 서 있는 나를 보고 부드러운 미소를 보냈다.

"우리 콩새, 벌써 일어났어?"

두 손으로 내 엉덩이를 두드려주었다. 나는 외할머니의 목을 감싸안고 아무 말도 하지 못했다. 엄마 얘기를 하면 외할머니는 나보다 더 슬퍼질 것이다. 외할머니가 내 이마를 쓸어넘겼다.

"오늘은 우리 콩새가 좋아하는 반찬을 만들었단다."

나는 금방 기분이 좋아졌다. 외할머니의 목을 더 세게 끌어안았다.

"아이고, 숨차 죽겠다. 이거 놔, 이 녀석아."

"할무니, 근데 뭘 만들었어?"

외할머니가 연탄화로 위 냄비를 가리키며 보라고 했다. 나는 신발도 신지 않고 부엌으로 내려가 냄비 뚜껑을 열어봤다. 김이 올라와 눈앞을 가렸다. 나는 눈을 껌벅거렸다. 냄비 속에 무엇이 들었나 살펴보았다. 외할머니가 내 뒤로 와 섰다. 냄비 속에는 고등어 두 마리가 포개져 끓고 있었다. 매콤한 고등어조림 냄새가 났다. 고등어조림은 내가 제일 좋아하는 반찬이었다. 그러나 오늘만은 그것이 달갑지 않았다.

"어떠냐? 오늘 고등어 물이 좋길래 한 손 샀다. 통통한 게 꽤 먹음직스럽지?"

외할머니가 방문을 열고 밥상을 펼쳤다. 나는 냄비 속의 고등어를 오래도록 째려봤다. 두 마리 고등어가 배불뚝이랑 애꾸눈을 닮았다. 나는 찬장에서 젓가락 하나를 꺼내들고 고등어의 배를 사정없이 찔렀다.

"배불뚝이, 내가 살 빼라고 했지!"

나는 배불뚝이 고등어를 옆으로 밀치고 애꾸눈 고등어를 째려봤다. 애꾸눈 고등어 눈이 두 개인 걸 확인했다.

"야, 애꾸눈. 너 언제 눈 해넣었어?"

나는 젓가락으로 눈 하나를 끄집어내어 야물게 씹어먹었다. 외할머니가 음식 가지고 장난치면 못쓴다고 야단쳤다. 나는 못 들은 척 고등어 눈알을 맛있게 씹어 먹었다. 배불뚝이와 애꾸눈이 냄비 속에서 끓고 있었다. 내가 고등어가 아닌 것이 천만다행이었다.

크리스마스

오늘은 크리스마스이다. 크리스마스라고 해서 달라질 것은 없었다. 나는 꽤나 시무룩해졌다. 동네 친구들은 엄마 아빠 손을 잡고 읍내에 나갔다. 읍내에 가서 자장면이랑 돈가스를 먹고 온다고 자랑했다. 나는 친구들의 말을 들은 체 만 체했다. 하지만 속으로는 얼마나 부러운지 몰랐다. 나는 자장면이랑 돈가스는 못 먹어도 좋으니, 읍내 구경이나 한번 갔으면 좋겠다고 생각했다.

버스를 타고 삼십 분이면 읍내에 도착했다. 읍내에는 얼마 전 이동식 놀이기구가 들어왔다. 친구들 얘기로는, 새장 같은 곳에 들어가 앉아 있으면 새장이 물레방아처럼 돌아 하늘 높이 올라간 뒤 제자리로 내려온다고 했다. 나는 한순간만이라도 땅에서 발을 떼고 하늘로 날아오르고 싶었다. 나는 그 멋진 경험을 언제쯤 할 수 있을까 싶어 마음이 더 우울해졌다. 엄마와 아빠와 오빠는, 이번 크리스마

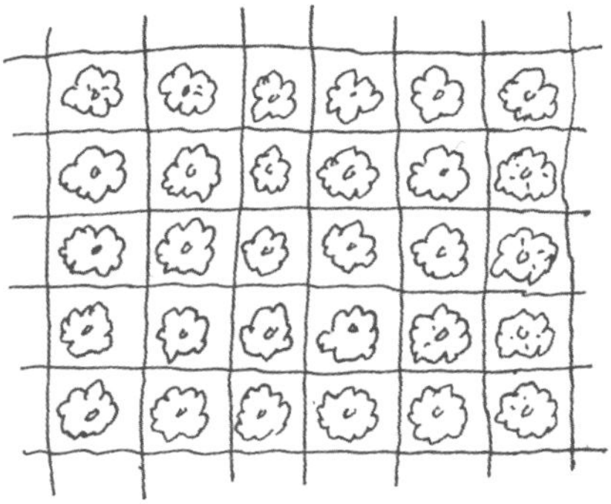

스에도 나를 보러 오지 못할 것이다. 나는 절대로 엄마와 아빠와 오빠가 나를 보러 오지 않을 거란 말은 하지 않았다. 외할머니는 몇 번이나 '보기 싫어 오지 않는 것과, 보고 싶어도 올 수 없는 것은 다르다'고 말씀하셨다.

나는 집 앞에서 외할머니와 함께 국화빵을 굽고 있었다. 오늘이 크리스마스인 걸 외할머니는 모르고 있었다. 외할머니는 크리스마스가 무슨 날인지도 몰랐다. 서른 개의 국화빵틀 홈에 밀가루 반죽을 붓고 국화빵을 열심히 구워내는 외할머니를 보면서, 나는 몇 번이나 오늘이 크리스마스라고 말하고 싶은 걸 참았다. 외할머니는 오늘따라 장사가 잘된다고 싱글벙글이었다. 국화빵 열 개에 겨우 오백원이지만, 외할머니 오른팔 아래 놓인 케첩깡통 속에 땡그랑 소리가 날 때마다 외할머니는 나를 보고 웃었다.

"오늘은 네가 좋아하는 떡볶이를 사줄 수 있겠구나."

나는 그깟 떡볶이 같은 건 관심조차 없다고 말하고 싶지만, 외할머니의 마음을 아프게 하고 싶지 않아 고개를 끄덕였다. 외할머니가 텅 빈 주전자를 내밀었다. 나는 얼른 부엌으로 뛰어들어가 주전자 가득 밀가루 반죽을 부어왔다. 갈고리로 국화빵틀 홈을 뒤집는 외할머니 이마에 땀이 맺혔다. 나는 소매 끝으로 외할머니의 이마

를 닦아주었다. 바로 그 순간, 너무나도 그리운 목소리가 귓가에 들려왔다.

"우리 콩새가 다 컸구나."

조용하고 부드러운 목소리는 분명 엄마의 목소리였다. 나는 아주 천천히 고개를 들어 내 앞에 서 있는 사람을 바라봤다. 고동색 스커트를 입은 엄마가 오빠의 손을 잡고 나를 내려다보고 있었다. 나는 자리에서 벌떡 일어나 엄마에게 안겼다. 엄마 냄새가 났다. 나는 밤마다 엄마 냄새를 생각하며 잠이 들곤 했다.

아카시아꽃 향기 같은 엄마 냄새에 얼굴을 파묻고 한참을 가만히 있었다. 영원히 깨어나고 싶지 않은 꿈이었다. 외할머니도 나만큼 신이 나서 오빠를 품에 안고 흔들었다.

"으이고 내 새끼, 내 새끼, 많이 컸네."

외할머니는 국화빵이 타는 줄도 모르고 엄마와 오빠를 방으로 들였다. 좁은 방 안이 꽉 찼다. 엄마는 걸레를 빨아서 방바닥부터 닦았다. 오빠와 내게 발을 씻고 들어오라고 했다. 나는 오빠와 마주 보고 웃다가 수돗가로 가서 발을 씻었다. 오빠가 한쪽 손으로 나를 잡아주었다. 우리는 발바닥끼리 비벼가며 발을 씻었다. 자꾸만 웃음이 나왔다. 발을 다 씻고 마루에 앉아 수건으로 발을 닦는데 오빠가 주머니에서 무언가를 꺼내주었다.

"이거, 내가 너 주려고, 돈 모아서 산 거야."

오빠가 손바닥을 펼쳤다. 예쁜 나비핀 두 개가 나왔다. 나비 날개에 큐빅이 박혀 있었다. 나는 너무 좋아서 머리카락에 얼른 나비핀

을 꽂아봤다.
"이뻐?"
"응, 진짜 이쁘다."
오빠와 나는 마주 보고 웃었다. 나는 마루 위 찬장에 숨겨둔 항아리를 꺼내왔다. 항아리째로 오빠에게 건네주었다.
"이게 뭐야?"
"내가 오빠 주려고 열심히 따 모은 거야."
오빠가 조심스레 항아리 뚜껑을 열어봤다. 오빠 얼굴에 미소가 번졌다.
"우와, 진짜 이렇게 많이 땄어?"
나는 어깨를 으쓱거렸다.
"오빠 다 줄게. 다 가져."
오빠는 항아리 속 구슬을 꺼내 돌려보다가 한 움큼만 바지주머니에 넣었다.
"난 요거면 돼. 담에 오면 또 줘."
"왜? 그냥 다 가져. 내가 오빠 주려고 모은 거야."
오빠는 뚜껑을 덮은 항아리를 찬장에 올려두었다.
"그래야…… 담에 다시 만날 수 있을 것 같아서."
오빠는 고개를 숙이고 말했다. 나는 오빠의 마음을 알 것 같아서 고개를 끄덕였다.
저녁이 되었다. 외할머니와 외삼촌, 엄마와 오빠가 함께 밥을 먹었다. 이번에도 아빠를 볼 수 없는 게 서운했지만, 그래도 행복했다. 외할머니는 엄마와 오빠에게 주려고 강릉횟집에 가서 회를 떠왔다.

엄마가 좋아하는 우럭과, 오빠가 좋아하는 오징어가 한 상 가득 차려졌다. 우리는 서로 많이 먹어, 많이 먹어 하며 밥숟갈 위에 회를 얹어줬다.

밤새 외할머니와 외삼촌과 엄마는 무슨 할 얘기가 그렇게 많은지 말에 말을 이으며 얘기를 했다. 얘기를 하다 말고 외삼촌이 등을 돌려 담배를 피우고, 외할머니는 말없이 엄마의 등을 다독거렸다.

나는 오빠와 나란히 누워 이야기를 했다. 내가 이 동네에서 구슬치기 대왕이고, 배낚시도 잘한다고 자랑을 늘어놓았다. 오빠는 낚시를 한 번도 해보지 못했다고, 다음에 꼭 가르쳐달라고 했다. 나는 배낚시는 어떻게 하는 것인지, 미끼는 무엇을 써야 하는지 한참을 설명하다가 자꾸만 하품을 했다. 잠들지 않으려고 몇 번이나 눈을 비비다 잠이 들고 말았다.

나는 꿈속에서 엄마와 아빠와 오빠와 함께 배를 타고 바다에 나가 배낚시를 하는 꿈을 꿨다. 내가 아주 커다란 물고기를 잡아 하늘 높이 치켜들자, 엄마와 아빠와 오빠가 웃었다. 내게 잡힌 커다란 물고기가 지느러미를 털며 버둥댔다. 나는 커다란 물고기를 놓치지 않으려고 안간힘을 쓰다가 잠에서 깨어났다.

형광등 불빛이 환하게 켜 있는 방 안에 외할머니 홀로 앉아 구멍 난 양말을 꿰매고 있었다. 나는 믿을 수가 없어서 손등으로 눈을 비비다가 벌떡 일어나 외삼촌 방 문을 열었다. 외삼촌 방도 텅 비어 있었다. 외삼촌은 이미 뱃일을 나갔고 엄마와 오빠도 벌써 떠난 뒤였다. 내가 잠든 사이, 엄마는 집을 나선 것이다. 나는 나도 모르게 슬픔이 복받쳐 엉엉 울어버렸다. 나는 지금까지 아무리 힘든 일이 있어도 잘 울지 않았다. 그런데 도저히 참을 수가 없었다. 이렇게 가버리다니 아무런 인사도 없이 떠나버린 엄마와 오빠가 너무 미웠다. 나는 얼음장같이 굳어진 채로 엉엉 울었다. 자꾸 울음소리가 커졌다. 외할머니가 나를 달래려고 껴안아주었지만 소용이 없었다. 나는 더 크게 울며 발을 동동 굴렀다.

"왜 안 깨웠어. 엄마 간다고 왜 안 깨웠냐고!"

나는 외할머니의 등을 막 내리쳤다. 외할머니는 내게 맞으면서도 아무런 대꾸가 없었다. 나는 외할머니의 등을 더 세게 치며 몸을 떨었다. 외할머니가 놀라 내 얼굴을 쓸어내렸다.

"왜 그러냐, 왜 그래. 어디가 아파서 그러냐."

나는 숨이 막히고 몸이 떨렸다. 외할머니는 나를 흔들어깨우며 등을 두드려줬다. 막혔던 숨이 조금씩 트였다.

"외할머니, 엄마한테 데려다줘. 얼굴만 보게 해줘."

외할머니는 내게 등을 내밀었다. 나는 울음을 그치고 외할머니 등에 업혔다. 외할머니가 나를 업고 터미널로 뛰기 시작했다.

"여섯시 사십분 버스였으니, 아직 십 분은 남았을 게다. 빨리 가면 얼굴은 볼 수 있을 게다."

외할머니는 숨을 몰아쉬면서 달렸다. 나는 외할머니 등뒤에서 들썩거렸다. 버스 한 대가 하얀 연기를 내뿜으며 서 있는 게 보였다. 외할머니가 버스 창가를 돌며 엄마를 찾았다. 버스 오른편 창가에 기대 있는 엄마가 보였다. 오빠는 엄마 팔에 기대 잠이 들어 있었다.

"엄마! 엄마! 여기야, 여기!"

나는 울음을 참고 엄마를 불렀다. 외할머니가 창문을 두드리자 엄마가 놀라 고개를 돌렸다. 엄마의 눈에 금세 눈물이 맺혔다. 나는 창문에 손을 뻗었다. 엄마 얼굴을 만지려 했지만 차가운 유리창만 만져졌다. 엄마도 차창에 손바닥을 대고 내 손을 잡으려고 했다. 그러나 엄마 손에도 유리창만 잡힐 것이다. 나는 엄마에게 하고 싶은 말이 너무 많았다. '나는 왜 안 데려가냐고, 얼마나 더 기다려야 나를 데려갈 거냐' 고 묻고 싶었다. 그렇지만 나는 그 말을 할 수가 없었다. 엄마 마음을 아프게 할 수 없었다. 버스가 조금씩 움직였다. 엄마가 차창 안에서 손을 흔들었다. 나는 끝까지 눈물을 흘리지 않으려고 입을 다물고 손을 흔들었다.

"담에 또 와야 돼. 알았지? 담에 꼭 와야 돼!"

엄마가 손을 흔들며 고개를 끄덕였다. 버스가 하얀 연기를 내뿜으며 사라졌다. 나는 외할머니의 등에 얼굴을 파묻었다. 참았던 눈물이 쏟아져내렸다. 외할머니만 아니었다면, 나는 엄마를 보고 울었을

지도 몰랐다. 그러나 엄마의 눈물 맺힌 얼굴을 보는 순간, 엄마를 바라보고 있는 외할머니의 눈빛이 생각나 마음껏 울 수가 없었다. 외할머니는 나를 두고 떠나는 엄마를 보면서 무슨 생각을 했을까. 그때 외할머니의 눈에는 얼마나 높은 파도가 일었을까. 나는 외할머니 등에 얼굴을 파묻고 한 손으로 외할머니 등을 쓰다듬었다.

"할무니, 때려서, 미안해…… 많이 아팠어?"

나는 울먹이며 외할머니에게 물었다. 외할머니는 고개를 가로저었다.

"아니다. 나는 너만 안 아프면 된다."

엄마와 오빠를 실은 버스가 떠나갔다.

편지

엄마, 오늘은 엄마가 열 번이나 보고 싶었어. 나는 울지 않으려고 계속 좋은 생각을 했어. 좋은 생각을 하면 언젠가 꼭 이루어진다고 친구가 얘기해줬어. 나는 매일 엄마를 만나는 생각을 해. 엄마도 내가 보고 싶을 땐 좋은 생각을 해봐. 그럼 마음이 조금 덜 아플 거야.

엄마, 이건 비밀인데 어젯밤에 이불에 또 오줌을 쌌어. 나는 분명히 꿈속에서 오줌을 눈 건데 일어나보니까 이불이 다 젖어 있는 거야. 엄마, 꿈속의 일이랑 꿈 밖의 일은 어떻게 구분하는 거야? 난 잘 모르겠어. 외할머니가 그러는데 꿈속의 일과 꿈 밖의 일을 구분하게 되는 순간부터 어른이 되는 거래. 외할머니 말이 맞다면 난 얼른 커버렸으면 좋겠어. 그래야 오줌을 싸도 외삼촌이 소금을 얻어오라고 시키지 않을 거 아냐. 엄마, 외삼촌은 왜 오줌을 싸면 소금을 얻어오라고 할까? 우리집엔 소금이 아주 많은데 말이야. 아무리 생각해도

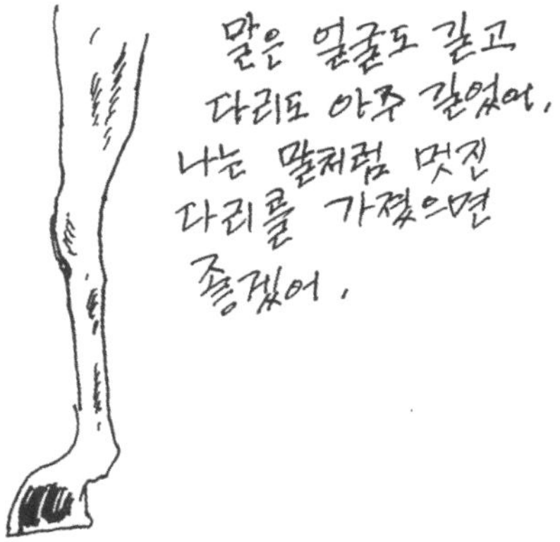

외삼촌은 욕심쟁이 같아. 그래도 나는 외삼촌이 좋아. 외삼촌은 날 위해 아주 많은 걸 해줘. 계란도 삶아주고, 배도 태워주고, 지난번에는 동네에 서커스단이 왔었는데 거기도 데려가줬어. 엄마는 말이 어떻게 생겼는지 알아? 나는 말을 직접 봤어. 말은 얼굴도 길고 다리도 아주 길었어. 나는 말처럼 멋진 다리를 가졌으면 좋겠어. 나는 다리가 너무 짧아서 외할머니와 외삼촌이 천천히 걸어도 따라갈 수 없거든. 외할머니랑 외삼촌은 내가 한 발짝 걸을 때 두 발짝 걷고, 내가 막 뛰어가도 금방 나를 따라잡아. 난 외할머니와 외삼촌보다 빨리 걷고 싶어. 그래서 요즘엔 잠자기 전에 하나님한테 말처럼 긴 다리를 달라고 기도하고 자.

엄마, 동네 사람들은 날 보고 모두 '콩새'라고 불러. 내가 또래 애들보다 더 작기 때문이야. 난 키도 작고 손도 작잖아. 어렸을 때 못 먹어서 그런 거라고 외할머니는 속상해하시지만, 난 콩새라는 별명이 싫지만은 않아. 별명을 가지고 있다는 건 그만큼 사랑받고 있는 거래. 난 누군가로부터 늘 사랑받고 싶어. 사랑이 뭔지는 잘 모르겠는데, 외할머니가 날 껴안아줄 때 난 그게 사랑이라고 느껴져. 한없이 포근하고 따뜻한 느낌. 누군가 나를 지켜주는 느낌. 그런 게 사랑이 아닐까? 난 그 사랑을 나눠주고 싶어서 밤에 잘 때 재롱이를 꼭 껴안고 자. 재롱이는 외삼촌이 선물해준 강아지야. 재롱이는 나처럼 엄마와 떨어져 살아. 재롱이가 외로울까봐 같이 자는데, 내가 몸부림이 심해서 재롱이를 깔고 잘 때가 많아. 그런 날 아침이면 재롱이는 내 옆에 오지 않으려고 해. 난 잘해보려고 그런 건데 재롱이는 내 마음을 모르는 것 같아. 내가 얼마나 사랑해줘야 재롱이가 내 마음을 알까. 엄마, 사랑은 정말 힘든 거야. 사랑받는 건 쉬운데 사랑하는 일은 힘든 것 같아. 그래서 엄마와 아빠도 그렇게 싸웠던 걸까? 사랑이 마음먹은 대로 되지 않으니까 엄마와 아빠도 나만큼이나 힘들었을까?

엄마, 난 재롱이가 내 마음을 알게 될 때까지 기다려줄 생각이야. 그래서 당분간은 따로 자려고 해. 생각해보니 내가 외로워서 재롱이를 못살게 굴었던 것 같아. 난 재롱이가 원하는 게 뭔지도 잘 모르고 있으면서 말이야. 난 재롱이와 떨어져 지내는 동안 재롱이에게 필요한 게 무엇인지 알아볼 거야. 그래서 꼭 재롱이와 친구가 될 거야. 난 자신 있어, 엄마!

엄마, 요즘 나에게 큰 걱정이 하나 생겼어. 얼마 전부터 외할머니가 무척 아파. 외할머니가 아파서 외삼촌 마중도 못 나가. 외할머니는 나랑 놀지도 못하고 매일 누워만 있어. 외삼촌이 여기저기서 몸에 좋다는 걸 사오는데 먹어도 낫질 않아. 난 외할머니가 해줬던 것처럼 외할머니 배도 문질러주고, 안티프라민도 발라주는데 하나도 듣질 않아. 내가 아팠을 때 외할머니가 그렇게 해주면 금방 나았는데 왜 외할머니는 낫지 않는 거야? 내가 너무 말을 안 들어서 외할머니가 아픈 걸까?

엄마, 외할머니가 아프니까 내 마음이 얼마나 아픈지 몰라. 내가 아플 때마다 외할머니가 나보다 더 많이 울곤 했는데 난 그게 잘 이해가 안 됐거든. 그런데 지금은 알 것 같아. 엄마, 사랑은 그런 건가봐. 같이 아프고 같이 슬픈 건가봐. 이제 난 어디서든 사랑을 알아볼 수 있을 것 같아. 엄마를 생각할 때면 마음이 아픈데, 이건 내가 엄마를 사랑하고 있다는 증거일 거야. 엄마도 아빠를 생각하면 그렇지? 아빠를 생각하면 마음이 아프지? 엄마가 말하지 않아도 난 알 수 있어. 마음으로 보면 다 알 수 있다고 외할머니가 그랬어. 외할머니 말은 한 번도 틀린 적이 없거든. 외할머니가 빨리 나았으면 좋겠어. 하나님은 내 친구니까 내 기도를 들어줄 거야. 내 다리를 말처럼 길게 만들어주지 않아도 좋으니까 외할머니만 낫게 해줬으면 좋겠어. 지금 내 바람은 이것뿐이야. 외할머니만 낫게 해준다면 엄마를 조금 더 늦게 만나야 한대도 참을 수 있어. 난 기다리는 건 하나도 안 힘들어. 하지만 외할머니가 아픈 건 힘들어. 엄마, 난 엄마보다 외할머니를 더 사랑하고 있나봐. 그래서 엄마한테 미안해. 엄마는 이 세상에서 날 가장 사랑할 텐데 말이야.

엄마, 가끔 난 그런 생각을 해. 엄마는 왜 날 놔두고 오빠만 데려갔을까. 외삼촌은 우리집이 가난해서 둘 다 키울 수 없어서 그렇다지만, 난 이해가 안 돼. 엄마는 왜 날 두고 오빠를 데려갔어. 난 오빠보다 어리니까 엄마가 더 필요한데 말이야. 어떤 날은 이런 생각들이 마음을 못살게 굴어. 내가 엄마 마음을 다 이해하려면 몇 밤을 더 자야 될까. 엄마를 다 이해할 수 없다는 건 슬픈 일이야. 난 엄마를 사랑하는 만큼 엄마를 다 이해하고 싶은데 마음대로 안 돼. 엄마, 그래도 나는 엄마가 이 세상 누구보다 나를 사랑하고 아낀다는 걸 알

아. 난 이제부터 그것만 생각하기로 했어. 좋은 생각을 해야 좋은 일이 일어나지. 내가 처음에도 말해줬잖아. 난 내 말을 지키는 사람이 될 거야. 잘할 수 있을까 엄마? 내게 힘을 줘. 매일 밤 내 꿈속에 와서 내게 힘을 줘. 엄마.

엄마, 다시 만날 때까지 잘 지내. 그리고 오빠에게 전해줘. 엄마 곁에 있는 오빠가 가끔 밉고 부럽긴 하지만, 그래도 난 엄마를 좋아하는 것만큼이나 오빠를 좋아한다고 말이야. 오빠는 이미 내 마음을 알겠지? 오빠는 나보다 어른이니까 말이야. 엄마, 우리가 다시 만나 함께 사는 날까지 건강해야 돼. 항상 좋은 생각만 하고, 날 잊지 마. 내 마음속엔 언제나 엄마가 있어. 사랑해.

1989년 1월 17일 밤

죽변에서 콩새가

장갑 한 켤레

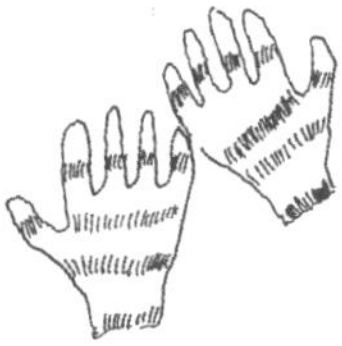

어판장에서 할머니들이 그물 손질을 하고 있었다. 나는 할머니들 곁에 쪼그리고 앉아 그물 손질을 거들었다. 그물 손질을 거들면 향심이네 할머니가 이천원을 준다고 했다. 향심이네 할머니는 어판장 그물 반장이다. 할머니들은 향심이네 할머니에게 그물 손질 값을 받았다. 나는 이틀 동안 열심히 일해서 외할머니 선물을 살 생각이었다.

며칠만 있으면 외할머니의 칠십번째 생일이 돌아온다. 나는 이천원으로 무엇을 살 수 있을까 생각했다. 그물에 걸린 불가사리와 해초를 부지런히 뜯어냈다.

할머니들은 엉덩이에 빨간 앉은뱅이의자를 받치고 앉아 이야기를 했다. 꽃무늬가 그려진 몸뻬 바지에 생선 비늘이 붙어 있었다. 나는 항구가 보이는 쪽으로 몸을 틀어 앉았다. 아이들이 항구에 매어둔

배와 배 사이를 뛰어다니며 놀고 있었다.

"이놈들, 빠지면 어쩌려고!"

석규 아저씨가 아이들을 향해 소리를 질렀다. 아이들이 항구로 뛰어올라 도망쳤다. 석규 아저씨는 외팔이였다. 젊었을 적 철공소에서 일을 하다 왼쪽 팔을 잃었다고 한다. 어판장 뒷골목에 석규 아저씨가 하는 술집이 있는데, 할머니들 말로는 파는 술보다 자기가 퍼마시는 술이 더 많아서 언제 망할지 모른다고 했다. 수다쟁이 향심이네 할머니랑 용구네 할머니는 석규 아저씨 술집이 언제 망할지 내기를 걸었다. 향심이네 할머니랑 용구네 할머니는 뭐가 우스운지 소곤대며 계속 웃었다. 나는 두 할머니를 보면서 가끔 어른들이 더 어린애 같다는 생각을 했다. 외할머니가 아프지 않았다면, 두 할머니를 혼내주었을 것이다.

"네 할머니는 아직도 그대로냐?"

나는 해초를 뜯어내며 고개만 끄덕였다.

"우짜노…… 애들은 아프면 자란다고 하지만, 우리 같은 늙은이들은 아프면 아픈 만큼 늙는 것인데."

해진 그물을 깁던 희수네 할머니가 한숨을 쉬었다. 희수네 할머니는 외할머니와 가장 가까운 친구 사이였다. 희수네 할머니의 주름살이 깊이 팼다.

"이번에는 꽤 오래 가는 것 같네. 사나흘 앓다가도 벌떡 일어나시던 분이."

향심이네 할머니가 끼어들었다.

"다 갈 때가 되어 그런 거 아니겠는가. 며칠 전에 가보니까 이번에는 영 틀린 것 같더라니. 얼굴에 핏기가 하나도 없어."

희수네 할머니가 향심이네 할머니 옆구리를 쿡 찔렀다. 향심이네 할머니는 수다쟁이에다 참견쟁이였다. 나는 향심이네 할머니를 째려봤다. 향심이네 할머니는 아랑곳하지 않았다.

"그러게 지난번에 심장 수술을 했어야 하는데, 돈 든다고 고집 피우더니 그렇게 된 거 아닌가. 아무튼 그 양반 고집은 당해낼 재간이 없어. 몸에 피가 안 통한다는데 얼마나 더 견딜 수 있겠나. 이젠 너무 늦어서 수술도 못 하고, 누워서 죽을 날만 기다리는 거지."

나는 자리에서 일어났다. 그물에서 뜯어낸 해초를 콘크리트 바닥에 집어던졌다. 할머니들이 놀란 눈으로 쳐다봤다.

"어른들 앞에서 뭐 하는 짓이냐!"

향심이네 할머니가 쏘아붙였다.

"우리 외할머니가 왜 못 일어나! 우리 외할머니는 꼭 일어나! 나랑 약속했어! 할머니들은 아무것도 몰라. 할머니들이 뭘 알아!"

나는 향심이네 할머니를 쳐다보며 씩씩댔다. 희수네 할머니가 애 앞에서 왜 그런 소리를 하냐고 향심이네 할머니를 야단쳤다. 하지만 향심이네 할머니는 내가 부모 없이 막 자라서 버릇이 없다며 도리어 소리를 쳤다. 나는 해초를 담아둔 바가지를 들고 향심이네 할머니 곁에 섰다. 할머니들이 나를 멀뚱멀뚱 쳐다봤다. 나는 향심이네 할머니 머리 위에 해초를 부어버릴 자세를 취했다. 향심이네 할머니가 허둥댔다.

"할머니, 계속 그러면 이거, 확 부어버린다."

향심이네 할머니가 두 손으로 머리를 가렸다.

"얘가 왜 이래. 내가 못 할 말 한 것도 아닌데."

나는 바가지를 기울였다. 바가지에서 바닷물이 흘렀다.

"알았다. 할미가 잘못했다. 그만 해라. 그만 해."

할머니들이 웃었다. 나는 향심이네 할머니 앞에 손바닥을 내밀었다.

"할머니, 내 돈 줘."

"무슨 돈?"

"이틀 동안 일한 거."

"너 하루 일했잖아."

향심이네 할머니가 고개를 들어 쳐다봤다.

"나는 이틀 동안 일하려고 했는데 할머니가 다 망친 거니까, 보상을 해줘야지."

"이놈 봐라. 이런 날강도 같은 놈. 내가 무슨 보상을 해줘야 돼. 보상을!"

"안 줘? 안 주면 확 부어버린다."

할머니들이 박수를 치면서 야단이었다. 희수네 할머니가 말했다.

"콩새 말이 맞지 뭘 그러나. 얼른 안 주면 해초머리 되겠구먼."

향심이네 할머니는 몸빼 바지에서 이천원을 꺼내줬다. 나는 이천원을 받아 주머니에 넣었다.

"이제 됐지?"

향심이네 할머니가 머리를 가린 손을 내렸다. 나는 향심이네 할머니 머리에 바가지를 뒤집어씌웠다. 향심이네 할머니가 놀라서 허둥댔다. 나는 어판장 밖으로 뛰었다. 향심이네 할머니가 뒤에서 소리를 질렀다.

"이놈아, 돈 줬는데 왜 부어!"

"내가 언제, 돈 주면 안 붓는다 했어?"

나는 뒤를 돌아보고 혀를 쏙 내밀었다. 향심이네 할머니가 해초 가발을 쓰고 있었다. 할머니들이 배를 쥐고 웃고 있었다.

나는 항구를 지나 골목으로 들어갔다. 생각보다 빨리 외할머니 선물을 살 수 있게 되었다. 광명상회 앞에는 장갑과 양말이 진열되어 있었다. 나는 한참을 두리번거리다가 연두색 장갑을 집어들었다. 연두색은 외할머니가 제일 좋아하는 색깔이었다. 나는 연두색 장갑을 손에 껴봤다. 털실의 부드러운 감촉이 느껴졌다. 연두색 장갑을 볼에 대고 비벼봤다. 나는 두 눈을 감고 좋은 생각을 불러왔다. 연두색 장갑을 끼고 좋아하는 외할머니 모습을 그려봤다. 연두색 장갑을 낀 외할머니 손을 잡고, 예전처럼 외삼촌 마중을 나가는 생각도 해봤다. 얼어붙었던 마음이 녹아내렸다. 연두색 장갑이 기적을 일으켰으면 좋겠다. 외할머니가 꼭 나을 수 있게 도와줬으면 좋겠다.

내 새를 날려줘

내일 아침이면 나는 포항 큰이모 집으로 가야 한다. 외할머니가 아파 더이상 나를 돌볼 수 없다고 한다. 외할머니는 밥을 짓고 빨래를 할 수도 없을 만큼 아팠다. 외할머니는 혼자 일어나 앉아 있을 수도 없었다. 외할머니가 어서 나았으면 좋겠다. 외할머니와 함께 항구로 나가 뱃일 나간 외삼촌을 기다렸으면 좋겠다.

나는 중학교 뒤편 언덕길을 올랐다. 시누대나무와 억새가 어우러져 흔들리고 있었다. 언덕 위에는 수십 개의 무덤이 자리잡고 있었다. 무덤 사이에는 바위가 박혀 있었다. 무덤과 바위들은 계란 판의 계란들처럼 보였다. 바다가 끝없이 펼쳐진 언덕 위에 앉아 있으면 답답한 마음이 조금씩 씻겨나갔다. 바닷바람이 시누대나무와 억새와 내 머리카락을 헹궈줬다. 나는 얼굴도 모르는 외할아버지 산소에 가 앉았다. 나는 외할아버지 산소 앞에 억새꽃 다발을 갖다놓았다.

"외할아버지, 저기 교회 십자가 보이죠? 저 십자가 보면서, 외할머니가 어서 나을 수 있도록 기도해주세요. 제가 빨리 죽변으로 돌아올 수 있도록 도와주세요. 외할머니를 다시 볼 수 있도록 기도해주세요."

나는 바다를 바라봤다. 해변 가까운 곳에서 고깃배 한 척이 지나가고 있었다. 파도에 쓸려 해변 쪽으로 밀려오는 것 같았다. 하지만 고깃배는 해변과 일정한 거리를 두고 항구로 가고 있었다. 선착장 끄트머리 등대에 불이 들어왔다. 귤 하나가 등대에 열렸다.

나는 외삼촌을 따라 포항 큰이모 집으로 다시 왔다. 외삼촌은 떠나면서 내 눈을 외면했다. 외삼촌이 떠난 저녁, 나는 현관 계단에 앉아 노을을 바라보았다. 외삼촌이 까주던 삶은 계란을 생각했다.

나는 지숙이 언니를 따라 태권도장에 갔다. 지숙이 언니는 작은아버지가 하는 태권도장에 다녔다. 나는 집에 혼자 있기 싫어 언니를 졸랐다. 언니는 어쩔 수 없이 나를 데려갔다. 태권도장에 딸린 살림집에는 태어난 지 여덟 달 된 남자아기가 있었다. 나는 살림집으로 들어가 인사를 하고 아기와 놀았다.

태권도장에선 기합 넣는 소리가 들려왔다. 나는 태권도장 안이 궁금해 문을 열어보았다. 도복을 입고 띠를 매고 기합 소리에 맞춰 주먹을 내지르고 발차기를 하는 폼이 멋져 보였다. 나는 아기를 안고 태권도장 안으로 들어갔다.

운동을 마친 언니 오빠들은 샤워실로, 탈의실로 흩어졌다. 아기는 태권도장 안을 기어다녔다. 지숙이 언니는 신발장 위에 올려둔 바퀴 달린 플라스틱 조랑말을 꺼내기 위해 신발장 칸을 밟고 올라갔다.

신발장 위에는 두 개의 플라스틱 조랑말이 올려져 있었다. 체육관 입구 오른편에 책꽂이 세 개를 이어 신발장과 도복을 넣는 옷장을 만들어놓았다. 나는 어서 플라스틱 조랑말을 타고 싶은 마음에 지숙이 언니를 따라 신발장 위로 올라갔다. 신발장이 흔들렸다. 신발장은 벽에 고정되어 있지 않았다. 나사로 옆을 연결해놓았을 뿐이었다. 간신히 플라스틱 조랑말에 손을 댔을 때였다. 지숙이 언니가 플라스틱 조랑말을 잡고 급히 내려가는 바람에 신발장이 벽에서 태권도장 바닥으로 기울기 시작했다. 신발장이 태권도장 바닥으로 쓰러지기 시작했다. 나는 플라스틱 조랑말의 꼬리를 잡고 바닥을 쳐다봤다. 지숙이 언니가 소리쳤다.

"어서 뛰어!"

나는 몸을 틀어 태권도장 바닥을 쳐다봤다. 태권도장 바닥에 아기가 기고 있었다. 내가 피하면 아기는 어째, 나는 신발장과 함께 태권도장 바닥으로 떨어졌다. 무릎을 구부린 채 태권도장 바닥으로 떨어졌다. 무릎이 먼저, 배와 턱이 차례로 태권도장 바닥을 쳤다. 나는 배가 터지고 턱이 깨지는 줄 알았다. 정신이 흐려졌다.

잠깐 눈을 떴을 때, 아기는 내 옆에서 울고 있었다. 오빠 언니들이

달려와 신발장을 들어올렸다. 그리고 아기와 나를 끌어냈다. 나는 지숙이 언니 얼굴을 쳐다보았다.

"아기는, 안 다쳤어?"

"응, 하나도 안 다쳤어."

나는 참 다행이라는 생각을 했다. 나는 정신을 잃었다.

어디선가 앰뷸런스 소리가 들려왔다. 지숙이 언니 우는 소리도 들려왔다. 나는 이제 죽은 것이라고 생각했다. 무서워서 눈을 한쪽만 살짝 떴다. 그리고 옆에서 우는 지숙이 언니에게 물었다. 나는 지숙이 언니가 내 목소리를 못 들을 줄 알았다.

"언니, 여기가 어디야?"

지숙이 언니가 내 목소릴 알아듣고 울음을 뚝 그쳤다.

"언니, 나 죽은 거 맞지?"

"아니, 너 죽지 않았어."

"그럼 왜 울어?"

"많이 아프지? 조금만 참아. 병원에 가고 있어."

나는 병원에 도착하자마자 수술실로 옮겨졌다. 파란 가운을 입은 의사와 간호사들이 파란 마스크를 쓰고 움직이고 있었다. 의사가 커다란 주사기를 갖고 와 주사액을 쭉 짰다. 나는 다시 정신을 잃었다.

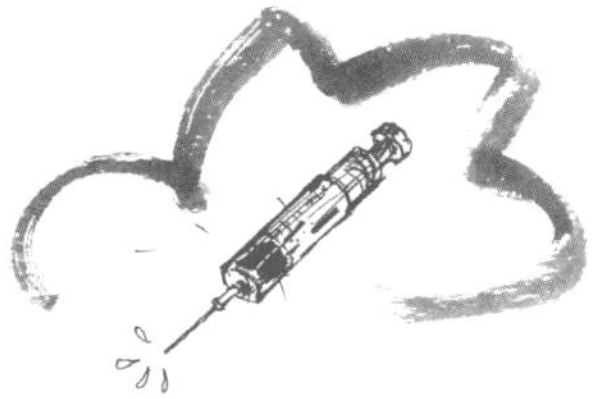

노란 안개 속에 갇혀 있는데 어지러웠다. 나는 하늘 위로 천천히 솟아오르고 있었다. 어디에선가 큰이모 목소리가 들려왔다.

"이 ×아, 뭘 잘한 게 있다고 매일 처먹는 거만 밝혀! 그 주둥이로 아이스크림이 잘도 넘어가냐? 생각이 좀 있어봐라, 이 ×아!"

분명 큰이모 목소리가 맞았다. 지숙이 언니에게 욕을 퍼붓는 게 틀림없었다. 내가 죽었기 때문에 큰이모가 화가 난 게 틀림없었다. 나는 한쪽 눈을 뜨고 주위를 살폈다. 큰이모와 엄마, 작은이모 모습이 보였다.

"엄마, 콩새가 깨어났어!"

지숙이 언니가 소리쳤다.

"이제야 깨어났구나. 불쌍한 것 같으니라고!"

엄마가 내 손을 잡고 울먹였다. 나는 기어들어가는 소리로 엄마에게 물었다.

“엄마, 나 죽은 거 아니지?”

엄마의 눈물이 내 손등에 떨어졌다.

“엄마, 나 죽은 거 아니지? 정말 죽은 거 아니지?”

엄마는 아무런 대답도 해주지 않았다. 내 손에 얼굴을 묻고 울고 있었다. 지숙이 언니가 끼어들었다.

“콩새, 너 죽지 않았어. 내가 꼬집어줄까?”

큰이모가 지숙이 언니를 한 대 때렸다.

"이 ×이, 아직도 정신 못 차렸네. 뭘 잘했다고 경망을 떨어!"

"그런데 왜, 엄마가 울기만 하는 거야?"

엄마도 큰이모도 돌아간 병실 안에 가습기가 틀어져 있었다. 나는 배와 턱이 아파 잠에서 깨어났다. 작은이모가 침대 중간에 팔베개를 하고 엎드려 있었다. 밤사이 응급실에서 일반병실로 옮겼다. 엄마는 또 돈 벌러 서울에 간 모양이었다. 천장 위에 켜진 형광등이 병실 안을 목련 꽃잎 속으로 옮겨놓고 있었다. 건너편 침대에는 남자아이가 누워 있었다. 코에 호스를 꽂고 붕대 위에 반창고를 붙이고 있었다. 남자아이는 내게로 초점을 맞추고 있었다.

남자아이의 이름은 김재환이었다. 재환이는 심장병이었다. 숨쉬기가 힘들어 보였다. 핏기가 없는 얼굴이었다. 아주 희고 매끄러운 도화지 같은 얼굴이었다. 손목에도 링거를 맞고 있었다. 나와 재환이는 눈을 맞추고 한참을 얘기했다. 작은이모와 내가 말하는 것과 같았다. 나는 벙어리인 작은이모와 말할 때에도 눈빛만 봐도 다 알아들을 수 있었다. 서로 마음이 통하면 입을 통하지 않고도 무슨 말이든 주고받을 수 있었다. 나는 가끔씩 고개를 끄덕여줬다. 재환이도 내게 손가락으로 알아들었다고 표시를 해주었다. 재환이는 수술을 해야 나을 수 있다고 했다. 재환이 엄마는 수술비를 낼 수 없다고 했다. 재환이 엄마는 파출부 일을 해서 하루하루 살아간다고 했다. 재환이 엄마는 밤늦게 병실로 돌아와 눈물을 흘렸다. 재환이 아빠는 택시 운전을 했는데 몇 달 전에 교통사고로 돌아가셨다고 했다. 쉬지 않고 일을 하다 그만 사고를 내고 말았다고 했다.

나는 그 동안 내가 세상에서 가장 불행한 아이라고 생각했다. 그런데 지금은 생각이 바뀌었다. 정이 많은 작은이모는 재환이 손을 잡고 울곤 했다. 어느새 재환이 눈에도 눈물이 맺혔다. 나는 하나님께 재환이를 낫게 해달라고 기도했다.

"하나님, 재환이 병을 낫게 해주세요. 그럼 제가 다음에 커서 그 돈을 모두 갚아드릴게요. 하나님, 재환이 병을 제가 앓을게요. 제발 하나님, 하나님이 시키는 일은 뭐든지 할게요."

나는 십오 일 만에 퇴원하게 되었다. 재환이는 망설이다가 말을 꺼냈다.

"콩새야, 내가 키우던 새를 네가 대신 날려줘."

"……"

"아빠가 선물해준 새야. 십자매 한 쌍을 아주 멀리, 아주 높이 날

려줘."

나는 알았다고 고개를 끄덕거렸다. 나는 재환이 손을 잡아주고 병실을 나왔다. 나는 돌아서서 재환이 모습을 볼 용기가 나지 않았다. 한참을 복도에 서 있다가 계단을 내려왔다.

재환이 엄마와 작은이모와 함께 재환이 집으로 갔다. 재환이 엄마는 십자매 한 쌍이 든 새장을 내주었다. 나는 죽변으로 가서 새를 날려주고 싶었다. 작은이모에게 죽변 외갓집에 가자고 졸랐다. 나는 작은이모와 함께 재환이의 새장을 들고 죽변으로 갔다.

언젠가 외할머니와 나눈 이야기가 생각났다. 저물 무렵 항구에 나가 외삼촌이 돌아오기를 기다릴 때였다. 멀리 새떼가 날아가고 있었다.

"할무니, 외삼촌 언제 돌아와? 응, 언제 돌아오냐고?"

"조금만 더 기다리면 돌아올 거야. 조금만 더 기다려보자."

나는 심심해져 새떼를 바라봤다.

"할무니, 나는 새가 될 거야. 아주 높이 나는 새가 될 거야."

"그래. 우리 콩새는 아주 높이 나는 새가 되거라."

"할무니, 나는 하늘 끝까지 날아오르는 새가 될 거야."

"그럼, 할무니가 안 보일 텐데 어쩌지?"

"아니, 내 눈엔 할무니가 보일 거야. 아주 커다랗게."

"……"

"하늘 끝까지 갔다가 금방 돌아올게, 할무니. 아무 걱정도 하지 마. 알았지?"

"하늘 끝까지 가면 돌아오지 마라.
돌아올 거면 뭐 하러 힘들여 거기까지 가?"

"아니야, 할무니랑 외삼촌 보고 싶어서 올 거야.
기다려 줄 거지, 할무니?
금방 돌아올 테니까 꼭 기다려 줄 거지?"

문학동네 어른을 위한 동화
내 새를 날려줘

1판 1쇄 | 2005년 12월 15일
1판 3쇄 | 2009년 11월 10일

지 은 이 | 이윤학
펴 낸 이 | 강병선
책임편집 | 조연주 김송은 김경미
펴 낸 곳 | (주)문학동네
출판등록 | 1993년 10월 22일 제406-2003-000045호

주 소 | 413-756 경기도 파주시 교하읍 문발리 파주출판도시 513-8
전자우편 | editor@munhak.com
전화번호 | 031) 955-8888
팩 스 | 031) 955-8855

ISBN 89-546-0064-6 03810

* 이 책은 대한민국예술원 우수예술인지원사업의 창작지원금을 받아 제작되었습니다.

* 이 도서의 국립중앙도서관 출판시도서목록(CIP)은
e-CIP 홈페이지(http://www.nl.go.kr/cip.php)에서 이용하실 수 있습니다.
(CIP제어번호: CIP2005002603)

www.munhak.com